JOSEF WEINHEBER · WIEN WÖRTLICH

Josef Weinheber

Wien wörtlich

Gedichte

Mit Illustrationen von Wilfried Zeller-Zellenberg

Otto Müller Verlag Salzburg

Zur Beachtung! ã dient zur Bezeichnung des offenen o in Worten wie begrãbn. (Bei A konnte dies leider nicht angegeben werden.) Hochgestelltes ^{n} hinter Vokalen bezeichnet deren nasale Aussprache in Worten wie Wei^n, geh^n. Von der Bezeichnung der dumpfen Aussprache in Worten wie Stamm (Staum), derwei (derweu) wurde im großen und ganzen abgesehen.

ISBN 3-7013-0698-2

Druck und Bindung: Wiener Verlag, Himberg bei Wien
Printed in Austria

Vorwort

Meine letzte kriegerische Tätigkeit in Rußland war, täglich die Lage für das Armeekommando zu zeichnen. Nebenbei illustrierte ich Liebesbriefe meiner militärischen Vorgesetzten. Auf Grund dieser bevorzugten Stellung verfügte ich über viel freie Zeit. Mein Soldatendasein nützte ich also zu intensiven Kontakten mit der russischen Bevölkerung. In meiner Jugend hatte ich die Romane Dostojewskis gelesen. Und nun standen diese Menschen vor mir.
Verwundet nach Wien zurückgekehrt, lief mir — mit offensichtlich undurchsichtigem Auftrag in der Stadt (was war damals schon durchsichtig?) — in einer Gesellschaft Adolfowitsch über den Weg. Das Wort »Dostojewski« schwebte auf einmal im Raum. Adolfowitsch erwies sich als meisterhafter Interpret der Religion der »Dämonen«. Und es begab sich: Wir wurden einander notwendig. Gleiches Denken verband uns.

Feber 1945 in einem Hotelzimmer im vierten Bezirk. Zehn Uhr abends.
»Dostojewski, die Bibel der Russen ... Nasdarowje!«
Adolfowitsch, mein Gastgeber, erhebt das Glas mit Slibowa gegen das Kerzenlicht, seine Augen glühen auf im diffusen Kerzenlicht wie glimmende Holzasche im Luftzug ... Die Kerze flackert ... »Dostojewski hat die Idee geboren ... alles Leiden der Welt den Russen ... Aus diesem Leiden kommt die Erlösung ... Wir Russen (Adolfowitsch, ein Deutschrusse, gebürtig in Moskau) tragen das Leid der Welt in uns ... wir ...«
Ein hartes Lachen, und Adolfowitsch erhebt sich mit den Worten: »Na, gemütlich in Wien, nicht wahr ... Apropos ...«, und äußerst jovial klopft er mir auf die Schulter: »Heute gehen wir zum Wein, zum echten Wien.«
Ein schlaksiger, dürrer Riese, 47 Jahre alt, mit Hitlerlocke und Bärtchen, im grauen Wehrmachtsledermantel, den Hut à la Hitler in den ersten Kampf-

tagen, München 23, steht vor mir mit den Worten: »Noch einen Schluck auf den Weg, kommen Sie, heute nacht können wir noch leben ...« Er lacht wieder, es klingt wie teuflisches Gemecker ... »Wien und der Wein ... Echte Gemütlichkeit!« Auf meine Frage, wohin: »Nicht weit, ein halbes Stündchen in die Nachtfrische, das belebt ...«
Slibowagestärkt bewegen wir uns leichtfüßig, flattern fast wie Irrlichter durch das verdunkelte Wien, es riecht nach Staub, Rauch und Nebel ... Gespenstisch wie ein Weg über einen geschändeten Friedhof wird unser Trip. Heute waren die Bomber da, wir stolpern über die Drähte der Oberleitungen, über Schutt. Adolfowitsch deutet in die Nacht — »Eine heimelige Nacht — da — diese Silhouette ...« Er zeigt auf ein zerbombtes Haus aus den neunziger Jahren: »Wie der Zerfall eines Wohnungeheuers zu einem harmonischen Gebilde wird ... ein Kunstwerk ... durch Kraft geformt ... ja, die Kraft ...«
Mit hartem Trittklang kommt eine Wehrmachtsstreife — Licht blitzt auf, und schnarrend fordert von uns einer die Ausweise. Adolfowitsch lacht: »Na, Kamerad, kalt, was?« Er zieht ein Fläschchen Slibowa aus seinem Mantel, wirkt dabei wie Mephisto persönlich. »Zigarette?« Er hat eine Hunderterpackung Bulgarischer in der Hand. Die Soldaten trinken, nehmen Zigaretten, prüfen seinen Ausweis. Adolfowitsch zwinkert: »Na, in Ordnung?« Die Soldaten stehen stramm, salutieren: »Jawoll«, und die Nacht verschluckt sie.
»Na, Vladimir (nach meinem russischen Großvater nannte er mich Vladimir) ... stramme Burschen, pflichtbewußt — ja, so ein Papierchen!« Augenkneifen. Er hängt sich in mich ein (was er meinte: Slibowa, Zigaretten oder seinen Ausweis, er hatte irgendeinen sonderbaren; aber das Sonderbarste war sein Umgang mit Menschen — jovial, selbstverständlich — wie ein Hypnotiseur). »Wien, die Stadt der Lieder, niedlich, wie sich alles verkriecht ... Wo sind die Wiener? ... In den Grabmonumenten, in den Särgen ...« Er zeigt auf ein Kellerfenster, schwacher Lichtschein dringt durch einen Spalt der Verdunkelungsjalousie. »Die Menschen ... wie Larven in Gräbern; da hinter

den Mauern sind sie jetzt schon tot ... sie denken nicht ... sie zittern um ihr Vegetieren ... ideenlos warten sie auf ein Wort — auf einen Befehl, und wenn es der Tod ist. Lemminge ... Einen Schluck auf die lebendigen Toten.« Er reicht mir die Flasche.

Es war ein makabrer Gang durch die tote Stadt: das ausgebombte Wien, dazu die sarkastischen Aphorismen des gespenstischen Adolfowitsch. Er war eine Mischung aus Meyrink, Kafka und Doderer, stelzte fast schwebend durch die Nacht. Vor einem Jugendstilportal machte er halt, hob donquichottisch die Arme wie Windmühlenflügel, verneigte sich und forderte mich zum Eintreten auf: »Hier der Tempel, heute nachten sie, rin ins Vergnügen, ins echte Wien!« Er klopft an das verschlossene, herb-lieblich stilisierte, schwer vergitterte Haustor, und nach einer Weile flackert eine Kerze über die Treppe. Ein Kahlkopf mit auseinanderschielenden Augen hielt sie. »Adolfowitsch, heil uns — wir bechern!« So ähnlich klang die Begrüßung, und schon ging der Kerzenträger voran. Er roch einladend nach Wein ...

Alles um uns in kaltem Jugendstil. Wir legten ab, und der Mann mit der Kerze hielt den Zeigefinger an den Mund: »Pst!« Auf Zehenspitzen ging er leise voran und bedeutete uns, desgleichen zu tun. Er war wie ein Mesner vor dem Allerheiligsten.

Wir traten ein, mir schien es fast ein Saal zu sein — ein Betsaal, Kerzenlicht, rauchverschwommen erkannte ich einen Tisch — wie im Traum. Grußlos nehmen wir am Rande der Tafel Platz. Ein Knurren, ein beschwichtigendes »Pst!«, und dann hörten wir Worte — die Worte kamen aus einem bleichen Gebilde Mensch. Massig thronte er als Vorsitzender, er sah durch uns hindurch, aus diesem Gebilde krochen Worte wie aus einem Götzen, einer Sprechmaschine.

»Schatten ... Lemuren ... das Unterste ist oben ...« Ich kann vorerst in den Worten keinen Sinn finden. Auf einmal habe ich ein Glas in der Hand, der Götze hebt das seine. »Das Fleisch ... die Verwesung ...« Ein Trinkspruch. Wir tranken. Er sprach: »Am Anfang stand das Wort ... der Gedanke wird zur Form ... das Wort, es ist die Macht ... Glaube? ... Was ist Glaube, wenn wir nur an uns glauben ... Wir machen aus uns den Götzen der Eitelkeit ... Der Teufel in Engelszungen, so kommt der Satan ... Wir? ... Was sind wir? Geborene! ... Die Geburt ist der Anbeginn des Verwesens ... Feuer fällt vom Himmel ... Wir? Was sind wir? ... Wir sind die Handlanger des Teufels, wir vertreiben uns und die Liebe aus dem Paradies.« Er hob das Glas. »Im Erkennen liegt die Erlösung ... Macht? ... Was ist Fleisch? ... Der Mensch? ... ein Nichts — nur Geist bleibt bestehn, in Liebe geformter Geist ... Das Wort!«

Er, der Adept, der Sprecher, sank in sich zusammen. Aus dem Tabaknebel löste sich ein schönes Wesen, bleich, sanft, still. Schwarz floß es um ihren Leib und um ihr bleiches, still leidendes, schönes Antlitz. Sanft glitten ihre Hände zu dem in sich Versunkenen. Wir tranken. Der Schielkopf servierte erlesenen, mundigen Wein.

Adolfowitsch ließ ihn schmatzend auf der Zunge zergehen. »Na, Vladimir? Nasdarowje! Es lebe Dostojewski ... Das Wort, die Macht und die Wiener Gemütlichkeit!«

Dabei stieß er mich mit dem Ellbogen in die Seite. Flasche um Flasche kam auf den Tisch.

Auf einmal stand er wieder da, der Adept. Er schaute uns zwingend und prüfend an. Es wurde still. Seine Züge wurden heiter, wie ein Prophet schien er mir, ein Prophet aus dem Alten Testament. Mit erhobenem Glas schüttete er die Worte über uns: »Das Blut heischt nach Blut — die Welt erstickt im Rausche der ›Ich‹-Anbetung ... Das wilde Heer ... Ich sehe sie — die Apokalyptischen Reiter — die Mißbraucher des Wortes ... Es hebt an der Kampf um den Obersalzberg, die Gralsburg, den falschen Propheten ... Ich sehe Rauch, Flammen ... Aus einem Versinken aus einer Welt der Schatten ist und wird auferstehen Haß, Lüge ... der Selbstbetrug ... Sie verbrennen das Wort Liebe ... zum Schlagwort Blut — Ehre — Freiheit ... Sie vernichten sich zu lebenden Toten ... Kein Erkennen ist in ihnen ... Ich? ... Ich habe mich überwunden, mein Wort wird bestehen bleiben, aus Liebe geboren, nicht an mein Ich — nein, an das All, an das Wunder der Schöpfung ... Mein Ich? ... Es verfiel in einer Zeit der Schwäche dem verwesenden Teil ... Aber jetzt habe ich mich überwunden, ich *bleibe* mit meinen Worten der Liebe ... ich danke für die Gnade des Erkennens ... Ich kam aus dem All und ward zum ›Ich‹, ich gehe als ›Ich‹ ins All, ich bleibe im All ein ›Ich‹ ...«

Er wurde still, er verfiel, er wollte zum Wort finden, aber Unverständliches gurgelte er in sich hinein. Ein Glas zerbrach klirrend, ein großer, schwarzer Hund streckte sich gelangweilt, strich gemessen zur Tür. Im Morgengrauen standen wir auf der Straße, betrunken und nüchtern zugleich. War es ein Traum? War es Wirklichkeit?

Adolfowitsch klopfte mir auf die Schulter: »Na, war doch gemütlich, wie? ... WIEN WÖRTLICH ... Na, kommen Sie mal, finden Sie sich zurecht, bald kommen die Bomben! Die Apokalyptischen Reiter.«

Mit meckerndem Lachen zündete er sich eine Zigarette an und sagte, etwas entschuldigend: »Was für ein Mann, euer Weinheber, kann der trinken ...«

Wilfried Zeller-Zellenberg

Leitspruch

Ein ãrmer Dichter, wenig nur bekannt,
der sãgt sich, meine Weis is überspannt,
bei dem Sonetten- und Terzinendreck
bleibt mir am End die ganze Kundschãft weg,
i setz mi hin und schreib auf wienerisch,
wãs i so reden hör am Wirtshaustisch,
damit das Publikum der entern Gründ
hãlt auch einmãl sein Dichter findt, jã, jã:
Des hãt ka^{n} Goethe gschriebn, des hãt ka^{n} Schiller dicht',
is von kan Klassiker, von kan Genie,
des is a Weaner, der mit u n s e r n Göscherl spricht,
und segn S', erst d e s is für uns Poesie.

Lob der Heimat

Land du, vor andern erkürt,
dort, wo die Schönheit sie führt,
mag erst die Weisheit bestehn,
und nur, was wahr ist, ist schön.
Schön ist ein liebender Mund,
schön auch die Trän ohne Grund,
schön und wahr,
unsagbar,
bleibt die Heimat mütterlich und klar.

Berge mit Wäldern und Seen,
Schneehang und Wildbachgedröhn,
heiliges Herdengeläut,
Bienensang, Feldeinsamkeit.
Ach, in die magdliche Früh
beugt sich mit Schauern das Knie;
groß und rein,
ungemein
stürmt es auf die stille Seele ein.

Herbsüß und duftig und fern,
wie überm Strome der Stern,
wie unter Sternen dein Feld,
sei mir gegrüßt, stille Welt!
Abseits und dennoch inmitt,
karg, aber heiter von Schritt:
Pflug und Schwert,
teure Erd,
Pflug und Schwert und Leier bist du wert!

Du im Traum
geh nur zu!
Rauschebaum,
Lindenruh;
Landstraß auf,
Landstraß ab,
Wolkenlauf,
Wandertrab;
Schöntagsblau,
Sturmgebraus,
weite Schau
hügelaus;
Wald an Wald,
wellengleich,
streng geballt,
anmutweich;
eingestreut
zwischendurch

Wies und Weid,
Ackerfurch,
Blütenvlies,
Wegeband,
alles dies
ist dein Land,
alles dies
ist noch mehr:
Paradies-
wiederkehr,
Zeit, die kreist
und beruht:
Ahnengeist
dir im Blut.

Doch den Kranz der Heimat gebt mir Wien,
lobt mir diese Stadt!
Holde Frau und Mutter, Königin,
ganz von Schönheit satt.
Froh- und Schwermut, hell und trübe Zeit
hat sie angesehn.
Ihre Stirne ist vom Leid geweiht
und vom Wissen schön.
Ihre Kinder hat ein Gott bekränzt.
Weise, menschlich sein
ist der Trost, der aus der Träne glänzt,
weh und still und fein.
In der Fremde, wo das Heimweh brennt,

sehn sie groß und licht
nichts als dieser Mutter tief ersehnt-
fernes Angesicht.
Leben, leben lassen, heut wie eh,
ist das Losungswort.
Und sie gehen von der Mutter Näh
nur mit Schmerzen fort.
Ja, den Kranz der Heimat gebt mir Wien!
Lobt mir diese Stadt,
die der meisterlichen Melodien
ewige Schönheit hat!
Menschenschlag, künstevertraut,
wo noch der reinere Laut
edelgeborner Musik
Leben ist, Leiden und Glück.
Wo noch ein schöneres Band
selig Gefühl und Verstand,
Lieb und Wein,
Blumen drein,
Götter bindet an dies Erdensein,

Land, sei gepriesen, und nie
sterbe die Dankmelodie!
Zeig es, was Leben im Geist,
zeig, was die Kunst ehren heißt!
Schön ist ein liebender Mund,
schön ist die Trän ohne Grund,
liedbeseelt,
leidvermählt,
bist du ewig, Heimat, auserwählt!

[In die letzte Auflage (1948) wurde das Gedicht »Lob der Heimat« neu aufgenommen. Das in den früheren Auflagen enthaltene Gedicht »Wienerwald« (Du im Traum ...) war ein Bruchstück daraus. Dieses behält auch selbständig seinen Wert, wurde aber hier nicht ausdrücklich wiederholt.]

Wir Wiener

Wir lebten dem Genusse
und freuten uns am Wein,
und jeder wollt am Schlusse
ein kleiner Rothschild sein.
Vor ruhlosen Gespenstern
verschlossen wir das Haus
und sahn aus schmalen Fenstern
scheu in die Welt hinaus.

Die Völker rings, die biedern,
sie strebten längst schon fort.
Wir lieferten den Brüdern
unsern Kulturexport.
Was wir im Schweiße fechsten,
war andern längst verbrieft.
Wir warn dem Thron am nächsten —
jetzt sind wir ausgeschifft.

Wir in den Traum Verfemten,
weltfern im Zeitenlauf,
Wir machten jedem Fremden
das Wagentürl auf;
was aus der Welt uns herkam,
war ohne Anschaun groß,
und wer es bei uns schwer nahm,
mit dem war halt nichts los.

Den Vorwärtsdrang der Geister
in eine beßre Welt
verklebten wir mit Kleister:
»Für so was ist kein Geld.«
Am Graben die Gesichter
warn uns vertraut zur Not,
doch alle unsre Dichter
seit Grillparzer sind tot.

Wir durften uns bestaunen
auf einer Filmleinwand,
wo uns, ein Volk von Clownen,
der Heurige verband.
Der Schubert und die Reben:
wir fanden's fesch und gut
und lebten unser Leben
gestellt von Hollywood.

Daß wir uns nicht verloren
in unsrer eignen Soß,
hat man uns neu geboren,
und ziemlich rigoros.
Zu all dem Ungewissen
aus Gwirkst und Schlamperei
erlernten wir das Schießen —
Was ist denn da dabei!

Uns intressiert schon nimmer,
wer uns am End verschluckt.
Unsre Couleur war immer
ein Untergangsprodukt.
Sie rauften allerenden,
den Rest beglichen wir,
mag sich's wie immer wenden,
wir zahln und bleiben stier.

Wir bleiben stier und pfeifen
im ausverschenkten Saal.
Eh wir zum Gasschlauch greifen,
fahrn wir zum Opernball.
Die Menschenwürde geht uns
im Grunde nichts mehr an,
und jener Nörgler schmäht uns,
der's nicht begreifen kann.

Sieg der Provinz

I waaß net, es gibt so vü' Dichter in Wien,
und ãlle geehrt und berühmt.
Daß i allani net drunter bin,
hãt mi scho immer verstimmt.

Der ane is Dante fürs Burgenland,
der andre Tiroler Horaz.
Der dritte is Sãlzburger Repräsentant,
der vierte ein Hamsun aus Graz.

A jeder hãt's frischweg mit'n Acker z' tuan
und stellt si, als gebert's ka^n^ Stãd.
Aber z'hausz'gehn zum Pflug, des hãt jeder verschwurn —
Weil er durt hãlt ka^n^ Publikum hãt.

Sie ham uns erobert: Bruck, Gurgl und Gföhl.
Dã gibt's jetzt nix wia pariern.
Beim Heurigen mãchen jetzt de den Bahöl
und tan mit die Glasln skandiern.

Jã hãt denn, so frãg i, Wien gãr niemand mehr,
der sei^{n} Kind und sei^{n} Dichter is?
Jã, aner war scho, ãber segn S', des is schwer:
Der kann wãs — um den is ka^{n} G'riß.

A Söl von an Dichter: Wien und sei^{n} Scha^{n},
die passerten wunderbãr z'samm.
Aber dann war Wien groß und Gföhl wieder kla^{n}:
Und des, na^{n}, des wolln ma net ham!

Vorfrühling in Schönbrunn

Schwimmendes Frühlicht und Reif im Schatten.
Damals war Sommer, lange ist's her.
Kunstvolle Schnörkel auf stillen Rabatten,
nackte Erde, braun in dem matten
Grün der Parkette, und blumenleer.

Schwarz in dem strengen Schnitt der Alleen
knorplig verkrüppeltes Astgeschling.
— Ewig verklungenem Kinderflehen:
»Mutter, ich möcht die Giraffen sehen ...«
schwebte zur Seite ein Schmetterling.

Marmornes Fischweib, der Flut entwunden,
— golden huschten die Fische darin —
schützt mit dem Arme den Blick der runden
Steinaugen, sinnlos und stolz gebunden
in die Gebärde seit Anbeginn.

Grotte des Meergotts. Heilige Rosse
spielen versteint auf geschwungenem Wall.
Muschel und Dreizack, Felsen und Flosse,
— blau stand der Himmel über dem Schlosse,
wunderbar blau wie nur dazumal.

Gelbe Pilaster vor bräunlichem Grunde.
Adelig schwingt sich die Treppe hinan.
Herren im Weißhaar gehn ihre Runde,
schmächtige Sonne, flüchtige Stunde,
zart und zerbrechlich wie Filigran.

Zart und zerbrechlich, wie nun von droben
die Gloriette herniedergrüßt.
Fürstlicher Traum, in den Himmel gehoben,
laß mit den Augen des Knaben dich loben,
dem du ein Wunder gewesen bist.

Drüben im Kammergarten hantieren
Gärtner mit Leiter, Säge und Scher',
Knospen glänzen und Amseln probieren.
Hier ging vor Zeiten der Kaiser spazieren,
aber der Kaiser ist auch nicht mehr.

Kinder spielen mit Ball und Reifen
mütterbewacht in der Stillen Allee.
Frühling wird, kann es das Herz nicht begreifen?
Marmorweiß stehen die Götter in steifen
Tuniken, zeitlos in Wonne und Weh.

Eden aus helleren Kindheitstagen,
immer noch da, und so namenlos fern!
Eben hat fein eine Glocke geschlagen –
Ach, auf dem blauen Matrosenkragen
prangten dem Knaben drei schneeweiße Stern ...

Wienerisch

Mir, i muaß sãgn, tuat so mancher weh,
den i die Schrift spritzen hör.
Wann er »ich meine« sãgt, Tinterljuchee,
glaubt er, is er scho wer.

Deutsch, und i kann's, is mei^n Muttersprãch.
Aber des is hãlt dãs Gfrett:
I grãt in vülen mein Vattern nãch;
und der hãt wienerisch gredt.

Früher ham Kaiser und Herrn si net gschamt,
z' reden wia d' gewöhndlichen Leut.
Heut gengan d' Dienstmadeln — Seidn und Samt —
aa in der Sprãch mit der Zeit.

»Ria, was lest denn da?« — »Mia, ich lies . . .«
Daß euch der Blitz net derschlãgt!
Wann aa die Mode a Bofel is,
her muaß s', muaß her! — Weil ma s' »trãgt«.

Kaiser und Herren, de gibt's nimmermehr.
D' Juden ham d' Vornehmheit pãcht.
Wienerisch is ihner vü z' ordinär —
sprechen nur Schrift — guade Nãcht!

»Trotz des . . . ich bitt Sie . . . vergiß ich daran . . .«
Glei mächt's der Wiener ihm näch.
Alt und Jung, Links und Rechts, 's ekelt an,
redt scho de grausliche Spräch.

Stottert und stoppelt, verbringt kan Sätz
Schreibe und kan Dialekt.
Wundert si nächer, wann's von sein Plätz
druckt wird und langsam verreckt.

I, san S' net harb, wann i hundert wir,
red, wia ma ällweil gredt ham.
— Spräch, des is Bluat, und Schrift is Papier —
Weil i aus Ottakring stamm.

Impression im März

Wãrme Sunn, dãs erste Prãterveigerl:
Allwei wieder gfreust di wiara Kind.
Zãrte Blatterl schiaßen aus die Zweigerl,
und Papierln ziagn im Fruahjãhrswind.

Zwischen d' Bam palästern a pããr Lackeln
g'schrian und sölig mit an Fetznbãlln,
drunt bein Bootsmann streichen s' schon d' Schinakeln,
und a Mãler tuat die Gegend mãln,

auf der z'nepften Jesuitenwiesen
prackn s' G'wehrgriff, so ãls war nix gschegn,
und durch d' Bam durch kannst a Stückl Riesen-
radl und d' Rotundenkuppel segn.

Verschwundenes Wien

Uns bleibt die Gegenwart nicht erspart.
Die Pferde haben es gut.
Sie taten längst ihre letzte Fahrt
und sind in Gottes Hut.
Vorbei, Herr Göd! Verloren, verweht!
Nicht einmal mehr auf Würstel steht
dafür die Rarität.

So ein Einspännerroß
ging schön tramhapert los
und vertraute sich gern
seinem Herrn.
Und sein Herr auf dem Bock
mit dem speckigen Rock
schlief sein Schlaferl bumfest wie ein Stock.

Die Fiaker, die gibt's heut auch nimmermehr.
Und die Herren Chauffeur',
die sind unpopulär.
Der Herr unsrer Zeit
ist der Schaffner, der schreit,
und er macht sich, wenn's geht, auf dem Trittbrett breit,
und ist wie Gott gescheit.

Die Wasserer waren, wie allseits bekannt,
in das Wasser nicht grad überschwenglich verrannt,
für Roß und für Wagen
taten Wasser sie tragen,
sie planschten und fluchten und wahrten den Schein,
doch sie wuschen das eigne Gedärm und Gebein
ständig mit Wein.

Die Dienstmänner saßen zusamm' auf der Bank,
taxierten nach Vierteln den Botengang
und schnapsten tagelang.
Der Mistbauer fuhr noch von Haus zu Haus,
leerte — horuck! — seine Trücherln aus,
und der Werkelmann in der Einfahrt schwang
die Kurbel zum Walzer von Strauß —

Jetzt ist das alles aus . . .

Der Auflauf

»Wãs gibt's denn dã? Wãs is denn gschegn?«
— »Mir scheint, es setzt a Gaudi.« —
»San zu vü' Leut, ma kann nix segn.«
— »Geh, druck di fiari, trau di!«

»Aha, an Diab ham s' arretiert.«
— »A Wolfshund hãt wem bissn.« —
»Sãgn S', Herr, was ist denn dã passiert?«
— »A Baumberl hãt er gschmissn.«

»Bei so wãs segn S' kan Wãchmann net,
derweil kann ans verblüatn.«
— »An Herzstich? Schrecklich!« — »D' Rettung steht
scho durt ums Eck, beim Wirten.«

»Einsturzgefahr beim Würschtelstand!«
— »Göl, der durt is der Mörder?« —
»Des schiefe Gschau! Auf d' Pritschen gespannt
und urndlich trückert ghört er.«

»Na, endlich a Inspekter, sixt?«
— »Tun S' da kein Auflauf machen!« —
»Er hãt eahm scho. Jetzt, Freunderl, pickst.«
— »Sie, da is nix zum Lachen!

Sie gehen mit!« — »Dã bin i gspannt.«
— »Sie revoltiern die Gãssen!« — —
»I hãb do nur beim Würschtelstand
zehn Eß wolln wechseln lãssen . . .«

Der Auflauf

Die Pensionisten

Die Pensionisten, wie eh und je,
in Schönbrunn, auf dem Ring, in der Hauptallee,
mit dem weißen Bart und dem weißen Haar,
die leben das Leben, das gestern war.
Die Zeit ist fort, und das Blut geht leis
und rauscht eine lang verklungene Weis.

Sie gehen gemessenen Schritts, zwei, drei
in einer Reih und plaudern dabei.
Der Rang, der Dienst, der Ruhegenuß,
das schwache Auge, der steife Fuß —
und sie machen exakt am gleichen Ort kehrt
und grüßen einander hochgeehrt.

Sie sitzen im prachtvollen Sonnenschein
und schauen mitunter ganz kaiserlich drein.
Und auf einmal zeigt so ein alter Rat
einen Ring, eine Nadel, die er noch hat
von Seiner Majestät. Und ein Flüstern geht
herum wie ein Gebet.

Sie stehen oft Stunden an einem Platz
und locken die Vögel zu zärtlicher Atz,
und schwuppt ein Fink nach dem Bröserl und holt's,
dann dreht sich der Alte in richtigem Stolz,
als wollt er sagen: »Nun, bitte sehr,
was tät das Viecherl, wenn ich nicht wär.«

Die Zeit ist fort, und das Blut geht leis
und rauscht eine lang verklungene Weis.
Die Pensionisten, wie eh und je,
in Schönbrunn, auf dem Ring, in der Hauptallee,
mit dem weißen Bart und dem weißen Haar,
die leben ein Leben, das schöner war . . .

Die Pensionisten

Kalvarienberg

Alt-Wiener Gigerlfutter, Dātteln, Feign,
Papierschirm, Teddybärn und Kindergeign,
Wurschteln und Puppen, Blechuhrn, Gummibālln,
mit Vornam ausstaffierte Jausenschāln,
vü' Taschelziacher und ka^{n} Detektiv,
der ideale Druckknopf »Nur ein Griff«,
Pistolen, Tomahawks und Federhaubn,
ein Durcheinand und Wirbel, net zum glaubn,
Kruppzeug von Madeln, dreizehn, vierzehn Jāhr,
verwogne Kappelbuam mit pickte Hāār,
Holzteller, Kollöffeln und Schāchtelwerch,
echt brandgemālt: »Gruß vom Kalvariberg«,
Bamkraxler, Ratschen, Trummeln, Luftballaun,
a Schreihāls: »Hier die letzte Sensatiaun«,
dazwischen Kinderg'wirkst und Kinderglück,
versoffne Tippler, gierig auf an Tschik,
blecherne Saxophon und Zeppelin,
kopfgroße Juxpaketln und nix drin,
kandierte Äpfeln, Zelteln, Kokosnüß,
Wurstzeug aus Marzipan, mit Fliagnschiss',

»Das Wunder-Ei, zehn Groschen nur ein Stück«,
und wieder Kinderg'raunz und Kinderglück,
der erste schöne, wãrme Tãg im März,
dazua das guade, ãlte Wienerherz,
wãs in sein Leichtsinn, in sein Übermuat
auf sei^n Art fãsten und in sich gehn tuat,
von Aschermittwoch bis Kãrsamstãg nei^n —
So wãr's, so is's und so soll's immer sei^n.

Kalvarienberg

Hymnus auf den Kahlenberg

Nicht weil du, glanzbewußt,
heute so vornehm tust:
Weil du ein Wiener bist,
Berg, sei gegrüßt!
Warst in der überlangen Zeit
Glück für die kleinen Leut,
seliger Sonntagsgang,
waldwiesenlang.

Hast unsre Jugendjahr gesehn,
Veilchen und Primeln stehn
— längst ist die Kindheit fort —
immer noch dort.
Schwärmerisch frühestes Gefühl
aufnahm dein Waldgewühl,
einsames Liebesleid,
du hast's geweiht.

Hast uns die Stern' in der Nacht
heimatlich nahgebracht,
heimatlich Turm und Dom,
blinkenden Strom.
Wunderbar säumende Sicht,
unten lag, Licht an Licht,
die uns geboren hat,
schimmernd die Stadt.

Oder wenn Sonnenschein
wiegte die Wege ein
und du standst ernst und schwer
weinhügelher;
talwärts ein winzig Haus,
Buschen zum Tor hinaus:
Noch schaut im Traume der Sinn
so nach dir hin.

Warst uns, Geschlecht um Geschlecht,
wie du dich gabst, schon recht,
haben den feineren Herrn
auch wieder gern.
Weil du durch alle Not und Last
immer ein Lächeln hast,
weil du ein W i e n e r bist,
Berg, sei gegrüßt!

Praterfrühling

Rasen, hell und ohne Fehle.
Reiter straffen Ritts.
Ferne Erlen, bange Birkenseele,
bleicher Stamm im Sonngeschwele,
und gehöhlt vom Blitz.

Amselruf und Knabenspiele.
Kahn in stummer Fahrt.
Braun noch im Kastanienblattgewühle
Kerzenblust, unendlich viele
Kerzen, mädchenzart —

Weiße Wege, graue Alte,
abseits, kühl und still;
Ruhende in jeder Wiesenfalte.
Durch die Blätter hingemalte
Bläue des April.

Es wäre nicht Wien

War net Wien, wann net durt,
wo ka^n Gfrett is, ans wurdt.
Denn dās Gfrett ohne Grund
gibt uns Kern, hālt uns gsund.

War net Wien, ging net gschwind
wieder amāl der Wind,
daß der Staub wia net gscheit
umanandreißt die Leut.

War net Wien, wolltst zum Bier
und es stößert mit dir
net a B'soffener z'samm,
der a Feuer mächt ham.

War net Wien, wann net grād
aufgrābn wurdt in der Stād,
Daß die Kübeln mit Teer
sperrn den Fremdenverkehr.

War net Wien, käm net glei
aner dasig vorbei,
der von d' Federn aufs Stroh
g'rutscht is, so oder so.

War net Wien, Pepi, wannst
raunzen *mächst* und net *kannst*:
Denn dãs Gfrett ohne Grund
gibt uns Kern, hãlt uns gsund!

Der Präsidialist

Gehn S', sind S' so freundlich, lieber Herr von Schur,
richten S' mir ja den Sprechakt für elf Uhr,
der Sektionschef hat ihn gestern schon
dringend urgiert zur Approbation,
gleich nach der Sitzung — was? schon wieder zehn? —
muß ich hinüber — ham S' ihn? — sprechen gehn ...
Nun, lassen S' sehn, ich bin nicht informiert:
... ersucht anher ... wenn da nur nix passiert ...
im Zuge aller die Konzession
betreffenden ... verdammtes Telephon!
Ob man nur einen Augenblick ... hallo?
Ach, du bist's, Margit, denk dir, ich bin so
pressiert ... der Herr Minister ... Küßdiehand! ...
beim Ronacher? So geh! War's intressant? ...
Nein, heut geht's nicht ... ich ruf dann noch, wir sind
heut abend in der Burg ... leb wohl, mein Kind ...
... betreffenden und im Verfolge des
h. o. bezogenen Bedingnisses,
sowie der etwa unter Rücksicht auf
den abzuwartenden Prozeßverlauf
erforderlichen Maßnahmen, womit
der Bundesschatz die Pfandrechte vertritt
und unter Anschluß — Servus, Herr Baron,
weißt schon das Neueste, nimm Platz, der Sohn
vom Hofrat Krk soll sich, no ja, man sagt,

— Gehn S', Herr von Schur, ich braucherſt noch den Akt —
du glaubst nicht, wie der aufpaßt . . . also soll
sich auch betätigt . . . gestern? Alles voll,
die Jeritza, ich sag dir, epochal!
Was? Gleich elf Uhr? Entschuldige . . . Eine Qual,
wie man gehetzt ist, schrecklich! Apropos:
Gehst heut zum Rennen? Weißt, auf Nitschewo
ist kein Verlaß — no schau halt, daß d' gewinnst.
Jetz' muß ich rüber, Servus! Dienst ist Dienst.

Waaßt? Net? Verstehst?

(Selbstgespräch eines Biertipplers)

Wann i, verstehst, wās z' reden hätt,
i schäffert ālles ā.
Wās brauch ma denn des ālles, net?
Is eh gnua dā.

Zum Beispü' die Gehälter, waaßt,
i streichert s' glatt.
Net einz'segn, net, daß aner praßt
und aner gār nix hāt.

Und dann die Auto: Hārmlos gehst —
du bist do' Publikum —
dā kummt a so a Gfraßt, verstehst,
und scheibt di um.

Die Fremden, waaßt, de schmeißert i
— a Schupfer, net? —
beim Tempel außi. Schert des mi,
wo so a Denkmāl steht?

Die Pflästerer, verstehst, de stiern
mir's heulig aa.
I lässert s' ālle arretiern,
daß 's nur a G'hörtsi war.

Die ewige Aufgrãberei,
verstehst, des Röhrlwerch,
dã leb i, waaßt, do liaber glei
am Bisamberg.

Und d' Wãchter, net, i bin do g'wiß
a rare Söl,
ãber de müaßten weg, sunst is
n i e Schluß mit den Bahöl.

Wo unseraner do nix wül,
waaßt, ãls sei^{n} Ruah.
Sogãr die Tschecherln, in mein Schwül,
verstehst, i sperrert s' zua.

Selbstgespräch eines Biertipplers

Ancien régime

Du beweinst die Leut und die Rösser?
In die Palais und die Schlösser
kommst nicht hinein.
Dort ist schon noch manches beim alten,
gehegt und geheimgehalten,
sacht wie ein Glorienschein.

Gemälde in schnörkligen Rahmen,
uralte, adlige Namen,
schön Reih an Reih.
Und durch die Fluchten der Zimmer
— die Kerzen brennen noch immer —
begleitet dich der Lakai.

Noch flackt im Kamin ein Feuer,
Affairen und Abenteuer
weckt auf der Brand.
Sie steigen still aus dem Rahmen,
Kavaliere küssen den Damen
leicht und galant die Hand.

In Remisen, dumpf und gewesen,
die Kabrioletts und Chaisen,
sie warten nur.
Sie schlafen hier, vielgereister,
bis sie ihr Wagenmeister
holt zu der großen Tour.

Das ist dann ein Wenden und Neigen,
ein Sichverbergen und -zeigen
wie weißgottwann.
Aber der Bürger am Fenster
sieht in der Nacht die Gespenster
und glaubt am Tag nicht dran ...

Sieveringer Elegie

Das Strässel schweigt schon, schläfrig, in Dämmerung.
Der Flieder duftet schwerer im Abendwind.
Schon wuchtet breit die dunkle Einfahrt,
drüber behaglich der Buschen schaukelt.

Im Flur ist's kühl. Der Leitgeb im blauen Schurz
begrüßt mich, nickt. Was sollen viele Worte, wo
sein Vater doch schon meinem Vater
unter dem Nußbaum den Trank kredenzte?

Es hat sich nichts geändert seitdem. Noch heut
im Glase schimmert grün der gepflegte Wein,
und noch wie einst legt sich der Nachtwind
kühl in die schwärzlichen Nußbaumkronen.

Wie einst die Resi, oder die Mizzi, bringt
die Kellnerin mit ihrem durchtriebnen Gang
das Windlicht. Wie ein zages Sternchen
spiegelt sich klein seine Flamm im Glase.

Behutsam bin ich, daß mir die Flamme nicht
verlöschen möge — aber weiß Gott, es ist
der alte Garten nicht, und ach, die
liebliche Flamme verlosch im H e r z e n.

Erwachend, einsam, seh ich um mich . . . Zu laut
die fremden Leute; fremd auch, zu laut die Zeit.
Mich fröstelt. Ferner Frühling, deine
innigste Strophe hieß Maß und Schweigen.

Colombingen

(theresianisch)

»Colombin, sey sie gescheidt,
hör sie auf die Tante!«
Colombingen hat nicht Zeit,
sehnlig in der Dunkelheyt
wartet der Amante.

Bey der Prucken, next dem Thor
meynt sie ihn zu finden.
Colombingen, seht euch vor!
Scharff so spüren Blick und Ohr
nach geheimer Sünden.

Schatten schleift, im Gäßchen gehn
dumpfe Schritt der Ronde.
»Steh sie!« . . . Angstvoll bleibt sie stehn —
Itzo ists um euch geschehn,
arm- und kleine Blonde.

Mädgens so wie ihr allein
abends auf der Gassen,
sperrt der Commissari ein,
Uhr und Ring sambt Kreutzerleyn
müssent sie ihm lassen.

Unsre große Kayserin
ließe dekretiren:
Mit der Lieb ists auß zu Wienn,
Reinigkeyt und Tugend-Sinn
itzo triumphiren.

Colombingen, weinet nicht!
Kurtz nur währt der Kärcker.
Finge euch der arge Wicht,
weilen Keuschheyt höchste Pflicht —
Liebe ist doch stärker!

Euer Pursche wartet brav.
Lässet man euch lauffen,
wird er wohl zu Buß und Straf
(saget doch, daß er ein Graf)
neuen Auffputz kaufen.

Eilt ihr dann zum Liebes-Tantz,
ey, so laßt euch sagen:
Geht nicht, ohne Buch und Krantz,
Andacht-Buch und Rosen-Krantz,
in der Hand zu tragen.

Dann so darf solch keuschen Sinn
kein Spion bezweyfeln.
Sonsten unsre Kayserin.
hencket, item schicket ihn
schnell zu allen Teuffeln.

Biedermeier

Der Herr Vater okuliert
gelb- und rote Rosen.
Die Frau Mutter wischt gerührt
Staub von Spind und Dosen.

Tante stapft zum Schlummersitz
in die Laubenecke.
Um ihr Antlitz, grau und spitz,
flirren Sonnenflecke.

Jettchen träumt von ihrem Franz,
Franz von seiner Jette.
Und er schreibt ihr einen Kranz
zierlicher Sonette.

Abends in der Dunkelheit,
beim Staketenzaune,
ach, wie schnell vergeht die Zeit
zärtlichem Geraune.

Unterm Glassturz schlägt die Uhr
folgsam Stund um Stunden:

Zeit, von einer Nippfigur
neckisch überwunden.

Plötzlich wettert scharfe Luft
in den Trödelladen:
Spielerischer Traum verpufft
auf den Barrikaden.

Grinzinger Weinsteig

Vom Schreiberweg geht es hinein.
Ein Hauserl steht mitten im Wein.
Der Mai war ein wenig zu kühl:
da sind halt die Reben noch klein.

Noch klein, aber gut fürs Gefühl.
Ich schau auf das Blättergewühl.
Vom Hollerbusch fächelt der Wind
hangauf ein Harmonikaspiel.

Hangab zwischen Linden beginnt
ein Zwiebelturm, goldener sind
die Häuser ins Grüne gestreut,
das zart in der Bläue verrinnt.

Es hat mich nicht immer gefreut.
Dort unten verdämmert das Leid.
Dort schwimmt mir ein silbernes Band,
das bindet gelinde ans Heut.

Du welliges, seliges Land,
du Blick, in die Sinne gebannt:

Noch ist es wie ehemals mein
und schön und im Blute verwandt.

Das Große läßt fremd und allein.
Am Ende doch tröstet der Wein.
Der Mai war ein wenig zu kühl —
da sind halt die Reben noch klein.

Grinzing im Mai

Der Phäake

Ich hab sonst nix, drum hab ich gern
ein gutes Papperl, liebe Herrn:
Zum Gabelfrühstück gönn ich mir
ein Tellerfleisch, ein Krügerl Bier,
schieb an und ab ein Gollasch ein,
(kann freilich auch ein Bruckfleisch sein),
ein saftiges Beinfleisch, nicht zu fett,
sonst hat man zu Mittag sein Gfrett.
Dann mach ich — es is eh nicht lang
mehr auf Mittag — mein' Gesundheitsgang,
geh übern Grabn, den Kohlmarkt aus
ins Michaeler Bierwirtshaus.
Ein Hühnersupperl, tadellos,
ein Beefsteak in Madeirasoß,
ein Schweinspörkelt, ein Rehragout,
Omletts mit Champignon dazu,
hernach ein bisserl Kipfelkoch
und allenfalls ein Torterl noch,
zwei Seidel Göß — zum Trinken mag
ich nicht viel nehmen zu Mittag —
ein Flascherl Gumpolds, nicht zu kalt,
und drei, vier Glaserl Wermuth halt.
Damit ich's recht verdauen kann,
zünd ich mir mein Trabukerl an
und lehn mich z'rück und schau in d' Höh,
bevor ich auf mein' Schwarzen geh.
Wann ich dann heimkomm, will ich Ruh,
weil ich ein Randerl schlafen tu,

damit ich mich, von zwei bis vier,
die Decken über, rekreier.
Zur Jausen geh ich in die Stadt
und schau, wer schöne Stelzen hat,
ein kaltes Ganserl, jung und frisch,
ein Alzerl Käs, ein Stückl Fisch,
weil ich so früh am Nachmittag
nicht schon was Warmes essen mag.
Am Abend, muß ich Ihnen sagn,
eß ich gern leicht, wegn meinen Magn,
Hirn in Aspik, Kalbsfrikassee,
ein kleines Züngerl mit Püree,
Faschierts und hin und wieder wohl
zum Selchfleisch Kraut, zum Rumpsteak Kohl,
erst später dann, beim Wein zur Not,
ein nett garniertes Butterbrot.
Glaubn S' nicht, ich könnt ein Fresser wern,
ich hab sonst nix, drum leb ich gern,
kein Haus, kein Auto, nicht einmal
ein G'wehr im Überrumplungsfall.
Wenn nicht das bissel Essen wär — —

(Stimme des Volkes)
Segn S', d e s w e g e n ham S' nix, liaber Herr!

Der Phänke

Diethelm Trausenit

(1349)

Diethelm Trausenit, warum bot
bei Sankt Stephan dir niemand Dach und Gelaß?
Sie scheun wohl in deiner Zunge den Spott,
in deinen Augen den Haß.

Die Heiligen, die dein Meißel weckt,
die tragen dein eigen unheilig Gesicht.
Sie stehen steif, sie lächeln versteckt:
aber fromm sind sie nicht.

Der Müller Konrad Freisam blickt schief
nach dem zugereisten, buckligen Gast.
»Lies mir des Wormser Bruders Brief,
den du gewiesen hast.«

Der Steinmetz las. Mißtrauisch schnitt
der Müller Brot und bot vom Wein.
»Um meines Bruders Wunsch und Bitt
sollst hier beherbergt sein.«

He, Müller, machst deine Mühle zum Schloß?
Wozu das Schnitzwerk, das Rosengerank?
Überm Torbogen steinern der Höllengenoß,
Maßwerk der Fenster schlank?

Wozu des Radbrunnens kunstvolle Zier,
die Hundsköpf und Drachen an Sparren und Bolz?
An den Windbrettern üppig das Fratzengetier
aus laubbraunem Lindenholz?

»Der bucklige Steinmetz, der närrische Wicht,
er schmückt mir mit Fleiß so Mühle wie Haus.
Ich geb für alle den Zauber nicht
e i n e n Pfennig aus.

Er front mir, und zwischen Schnitt und Schlag
gafft er verliebt nach meiner Marie.
Aber so arg er werken mag,
mein Kind bekommt er nie.«

»Schön jung Marie, du blickst so hell,
schlug endlich die Flamme im Herzen ein?«
»Ja, Georg Geyer, der Plattnergesell,
der soll mein Liebster sein!«

Der Steinmetz würgte sein Weh in den Hals.
Es knurrte der Müller. Der Bursche war arm.
Und in der Mühle an der Als
war seither Streit und Harm.

Und es ging die Rede im ganzen Wien,
und das Tuscheln, das Raunen und Schwatzen gedieh
von des Müllers Freisam starrköpfigem Sinn,
von der Liebe der schönen Marie.

Sie raunten eines Tags nicht mehr:
Ein entsetzliches Zischeln ging drohend um.
In seiner Mühle, gnad ihm der Herr,
Freisam lag tot und stumm.

Gedunsen, schwarz, und schrecklich zu schaun.
Der Medikus kam und murmelte: »Gift!
D e r Fall betrifft mich nimmer, traun,
den Henker der Fall betrifft.«

Stadtrichter, jetzt prüfe! Wem war's zu Gewinn,
wer lag mit dem Alten in Fehde und Streit?
»Nur eine! Greift sie, die Giftmischerin,
und der Rote sei ihr bereit!«

Nun hüte den weißen Nacken, Marie!
Die Richtersknechte, sie poltern heran,
sie binden, sie zerren dich auf die Knie —
Dein Haupt, das wollen sie han.

Was hilft dein Weinen, der Herzog hat
den Spruch bestätigt, das Urteil gesetzt.
Das Blutgerüst wartet. Wild fiebert die Stadt.
Was hilft dein Weinen — jetzt . . .

Der Steinmetz braut einen mächtigen Trank
aus Schleim und Gekrös, aus Kräutern falb
und füllt zwei Gläser, grünlich und schlank,
eins ganz, das andere halb.

Er läßt sie in seiner Kammer stehn
und zieht frühmorgens zur Stadt hinein,
mit Mienen, fast heiter anzusehn,
mit Augen wie trunken vom Wein.

Geht, wie er ist, vor Stadtrichters Haus,
steigt ohne Zittern die Treppen hinan
und stellt sich in seinem zerschlissenen Flaus
vor den grimmigen Mann:

»Lukas Schadmitzer, Stadtrichter, hör!
Ich, Diethelm Trausenit, klage mich an:
I c h hab ihn vergiftet, den filzigen Schmer,
Freisam — Ich hab es getan.

Er hat mich geprellt um vereinbarten Lohn.
Den Nachbarn hat er listig erzählt,
daß ich ihm diente in kindischer Fron
um keinen Pfennig Geld.

Da packte mich Wut. Es mußte geschehn.
Das Gift, er trank es mir gierig und gut.
Noch magst du in meiner Kammer sehn
den Rest der ekligen Flut . . .«

Sie fanden das Gift, und es ward ihm geglaubt.
Und er jubelte innen: »Marie, du bist frei.«
Der Henker schlug zu, und vom Rumpf fiel sein Haupt.
Fahr hin! — Marie, du bist frei!

Stadtrichters Weib ward gleichen Tags krank,
starb und war schwarz wie von Gift.
Und der Totengräber beim Graben hinsank,
und noch sieben Bürger es trifft.

Und andern Tags in gleicher Not
zehn Bürger! Durch Wien geht ein Schrei:
»Alle wie Freisam! Der schwarze Tod!
Daß Gott uns gnädig sei!«

»Schön jung Marie, ein Trauern geht,
ein Weinen um in der Stadt.
Sprich für den Buckligen ein Gebet,
der dich entsühnet hat.«

Wirtshausgespräche

»Gehts, Kinder, ruckts a wengerl z'samm!
I kumm jetzt grãd vom Lobesam,
er liegt no immer in Spitãl,
die Doktern sãgn, a rarer Fãll,
schaut aus als wiara Schwangerschãft,
sei[n] Frau, des wißts jã, ham s' verhãft,
die Kinder san derweil am Land,
ma redt aa sunst no ãllerhand,
's is jedenfalls wãs dran nãch ãlln,
sei[n] Bauch hãt mir scho lang net gfãlln,
und daß er in der letzten Zeit
so gfehlte Guster ghãbt hãt, Leut,
auf Nägel, Glãsscherbn, Schlüssel, Hããr,
des is, gering gsãgt, sonderbãr.
Der Mensch is do ka[n] Vogel Strauß.
A Krüagel, Franz! Dann geh i z'haus.«

»Weil S' grãd von Viecher reden tan,
i hãb an Spezi ghãbt, i man,
des is jetz aa scho dreißg Jãhr her,
— mir ham uns kennt vom Mülitär —
der hãt in der Sandleiten draußt,
in an klan Hauerhäusl ghaust,
und wiara amãl in sein Schwül
in Weingãrt obn a Gruabn grãbn wü',
weil er, so hãt er gsãgt, beim Wei[n]
ganz knãpp hiebei begrãbn wü' sei[n],

da stößt er, d' Schaufel bricht eahm fãst,
auf an großmächtig dicken Ast.
Und wiaran rausziagt aus'n Sand,
wãs glaubn S', wãs 's wãr? — A Mammutzahnd!
's Museum hãt nan glei erwurbn.
Der Mann is leider bãld drauf gsturbn.«

»Weil S' ›gsturbn‹ sãgn, ham die Herrn scho ghört,
der Spãrverein hãt sich beschwert,
daß s' bei der Leich von ãlten Schramm
am Grãb ka^{n} Red net ghãlten ham,
wo er ãls Obmann dreizehn Jãhr
und vierazwanzg im Ausschuß wãr.
Es hätt ihm, Gottigkeit, gebührt,
und wann's zu Wãhlen kumma wird,
zu Obmannswãhlen, wüll i sãgn,
kann's nur von Wert sein, anzutrãgn,
daß die Statuten g'ändert wern.
So geht's net weiter, meine Herrn,
im Grund is dãs die Anarchie,
ich sag nur: Jetzten oder nie!
A Fasserl, wann i Obmann wir.
Ah wãs! Die Zeiten san hãlt stier.«

»Es is a Jammer, dã ham S' recht.
Aber die Zeiten san net schlecht.
Geht's nimmer mit der Politik,
probieren S' beim Schnãpsen Ihna Glück!
Es gibt a Radio, gibt an Spurt,
a Feier dã, a(n) Ansprãch durt,

wer gscheit und stad is, hãt zum Lebn —
und Bedler, Herr, wird's immer gebn.
Daß d' Leut ka^n Geld zum Saufen ham
— Jetzt san's vier Vierteln, häng ma s' z'samm? —
des ärgert höchstens d' Wirt, und d' Wirt,
ghörn eo ipso massakriert.
Is d' Kuah hin, soll des Kaibl aa
hin sei^n, i trau mi wãs, i drah
auf den sein blanken Zehner zua. —
Zãhl, Herr Raneder! — I hãb gnua!«

Ballade vom kleinen Mann

(1926)

Wie jeden Tag durch die zwanzig Jahr,
die er dient in seinem Büro,
steht er auf, streicht mit den Fingern durchs Haar,
wärmt Kaffee sich auf dem Rechaud,

wäscht Händ und Gesicht, fährt rasch in den Rock,
(nur im Amt nicht unpünktlich sein!)
streicht sich sein Brot, nimmt Hut und Stock
und läßt sein Zimmer allein.

Um die Groschen für die Straßenbahn
krampft er wichtig die Hand,
eh er hält beim Tor einen Augenblick an,
um zu schaun nach dem Wetterstand,

geht ein wenig müd, denn er schläft nicht gut,
bis zur Straßenbahn die paar Schritt;
mit Gesichtern, ihm vertraut wie sein Hut,
fährt er verdrossen mit.

Vor dem Amtshaus zupft er an Kragen und Rock,
verhält sich, ein weniges nur,
und vor seinem Schreibtisch im dritten Stock
sitzt er punkt acht Uhr.

Er nimmt seine lausigen Akten vor,
schreibt »zufolge« und »auftragsgemäß«,
macht Pause punkt zehn, und die Feder am Ohr,
ißt er sein Brot indes.

Dann schreibt er wieder »indem« und »hieraus«,
bis Zeit ist zum Mittagstisch.
Die Gemeinschaftsküche ist gleich im Haus,
und es stinkt nach Rüben und Fisch —

Er würgt am Schreibtisch den Fraß wie ein Mann,
der zu Hause Besseres hat.
Dann raucht er sich eine Pfeife an
und gibt der Verdauung statt.

Er leiht sich dazu eine Zeitung aus
vom nächsten Kollegen und liest,
daß eine Dame aus gräflichem Haus
eines Knaben genesen ist.

Dann schreibt er von neuem »mithin« und »anbei«,
ganz pflicht- und schweigenumweht,
und endlich ist es auch heute drei,
und er nimmt seinen Hut und geht.

Die Sonne scheint blank, also fährt er nicht
wie sonst auf der Straßenbahn.
Er schlendert langsam, mit stillem Gesicht,
sieht sich die Schaufenster an,

weicht ängstlich einem Betrunkenen aus
und staunt nur: Gibt es das auch?
Schaut ihm kopfschüttelnd nach, bis ans letzte Haus,
und spürt den Fuselhauch.

Er sieht den Mädchen scheu nach der Brust
und denkt: Ist nichts für mich.
Lang ist die Ehe und teuer die Lust . . .
und spuckt und räuspert sich.

Jetzt kommt der Uhrmacherladen am Eck.
Hier verweilt er, wie manchen Tag.
Und verschlingt mit dem Blick »seinen« Ring, der am Fleck
liegt, wo er immer lag.

Er geht durch den Park, und die Lindenblüh
duftet süß und schwül.
Ein heller Tag aus der Kindheit früh
steht auf einmal vor seinem Gefühl.

Es zerstiebt gleich wieder. Er denkt der Schuld,
die noch beim Schneider steht,
wischt sich den Schweiß mit Ungeduld,
schiebt den Hut ins Genick und geht.

Zu Hause empfangen die Wände ihn,
wie er sie morgens verließ.
Er muß die Kissen überziehn,
lüften, und jenes und dies.

Der Staubwedel rührt mit leichtem Schwung
an die Lautensaiten; der Klang
weckt halb verwehte Erinnerung
an die Zeit, wo er jung war und sang.

Du mein Gott, die Jugendeseleien,
die waren gründlich vorbei . . .
Schnell holt er Eier und Wurstzeug ein
und brät sich »Schinken mit Ei«.

Er ißt aus der Pfanne (wer sieht es denn!)
lang, schwelgend und ohne Gier
und putzt nachher das Geschirr wieder schön
mit vielem Zeitungspapier.

Dann streicht er sich mehrmals über den Bauch,
sein Leiblied kommt ihm zu Sinn:
»Ja die alten Deutschen tranken ja auch —«
und er brummt so halb vor sich hin,

zieht die Uhr und schaut eine Zeit an die Wand,
denn die Zeit läuft schrecklich leer,
wenn kein Ding und Tun die Minute bannt
und kein Mensch ist um einen her —

und räkelt sich und zählt zweimal sein Geld:
Der Stammtisch wartet schon.
Dort ist das Leben, dort ist die Welt,
dort verebbt der Tag und die Fron.

Er genießt seine üblichen drei Achtel Wein
wie ein Bürger: gehalten, adrett.
Und fällt mit einem Seufzer klein
punkt zehn in sein einsames Bett.

Ballade vom kleinen Mann

Die Landpartie

Resi, Schursch, Mizzi, seids ãlle beinand?
Pãckts eng z'samm, Sunntãg is, heut geht's aufs Land!

Freulich, bis Hütteldorf kossert's z'vü' Gö'd:
Mir schaun vom Schüttel eini in d' Wö'd.

Vurn bei der Hauptallee gengan ma's au^{n}:
Drah di net, du schiabst den Kinderwãgn, Mau^{n}!

Resi, den Rucksack nimmst du — und paß auf,
obn in der Höh san die Fleischlaberln drauf.

Schursch, du pãck d' Kandl mi'n Gurkensãlãt!
Lãß die Spassettln sei^{n}, trãg ma s' schön grãd!

Mizzi, du bleibst bei der Klan vurn am Wãgn,
Gölsen wegwacheln und Mülchflaschel trãgn.

I geh ãls letztes, i gib auf eng ãcht,
drunt untern Lusthaus wird Mittãgsrãst gmãcht.

Durt ham ma Wiesen und Wãsser und Bam,
drinnat in Schülf san die Kroten daham,

Achkatzeln flitzen und Grülln schrein in Grãs,
und übern Sand hupft a Kiniglhãs.

Schurschl, und fischen kannst, Fisch' san durt gnua.
Nimmst dir, wann s' laar is, die Kandl dazua.

Alsdern, dã warn ma scho, dã setzts eng her!
Dã is in Umkraas ka^{n} Wirtshäusel mehr.

Mau^{n}, tua net grantig sei^{n}, waaßt as do eh,
's schãdt dir — dafür kriagst an guaden Kaffee.

Schursch, spann es Leintuach auf, mãch uns a Zö't!
Daß ma sein Schãtten hãt, d' Sunn, de is g'föhlt!

Mizzi, fürn Vattern des größere B'steck!
Wia i net hinschau, san d' Fleischlaberln weg.

Resi, wãs treibst denn? Die füattert dã hint
d' Fisch mit'n Strudel! Des is do a Sünd!

D' Klane hätt trunken. Jetzt kriagert i Luft.
Kinder, wo seids denn? San de gschwind verduft'!

Les nur dei^{n} Zeitung, Mau^{n}, lãß die net störn!
I tua derwei auf'n Kroteng'sang hörn.

Ziag da die Schuach aus und 's Röckl dazua!
Bis auf die Gölsen: A heulige Ruah . . .

Jessas, die Söckeln! Ganz neu und a Loch?
Wann i nur wüßt, wãs i murgn wieder koch . . .

Elegie auf den Tod eines alten Wieners

(1922)

Er ging von uns. Weint nur! Sein Hingang war
nicht beiläufig bloß eines Lebens Verglut.
Da er starb, erzitterte dumpf dieser Stadt
Wahrzeichen, mitgetroffen bis in den Grund,
uralten, heiligen Domes ein Quaderstein
barst, da den Sarg die bergende Scholle empfing.
Einer losch aus, und in Trauer aufschauend, sehn
wir gewaltigern Tod: Es stirbt eine ganze Stadt.

Da er, noch ehrfurchtgeschult, eine Tradition
klamm in den Händen hielt, während um ihn der Betrieb
einer entgötterten Zeit hohnlachend Worte spie,
welche zum Tod wurden all der Getroffenen;
da er ein M e n s c h war, gab seinen Wurzeln sich
nicht mehr dies Erdreich her, das geschändet vom Tritt
fortschritthungriger Tiere, Stein ward und Sumpf.

Also mußte er sterben. Könnte die Zeit
noch sich besinnen — fürwahr! sie besänne sich
an diesem einfachen Grab, um welches gelind
bald nun der Frühlingswind von den Hügeln her weht.
Aber der Tag ist taub für den Schollenwurf,
und der Wind um sein Grab, der weint durch die Nacht,
weit von den Hügeln, er weckt dieser Zeit nicht die Scham.

Um ein Grab mehr: Was tut's? Ach, wo bleibt der Trost
großer Kultur, gegliederten Lebens Sinn,
schön und harmonisch aus Weisheit, weise aus Leid,
leidvoll aus Menschlichkeit, menschlich aus tiefer Kraft,
Kraft, die aus Heimat und uraltem Glauben floß:
Wien selber ist tot . . . Dort tanzt eine fremde Stadt.
Drei Schaufeln Erde hinunter! Sie klagen an,
aber sie wecken — weint nur! — ein Totes nicht mehr.

Auf eine Wienerin

Heiter, ohne Schwere,
wo auf Erden wäre
jene stille Größe, die dich ehrt;
diese Leidensreine,
und im Glück dies feine
Lächeln, noch im Makel liebenswert?

Soviel Anmut lassen,
soviel Welt-erfassen
dieser Landschaft Genien nicht im Stich:
Die den Strom bewohnen
und die Hügelkronen,
gute Göttlichkeiten schützen dich.

Wenn ich leise klage
um die alten Tage,
nimm es als ein Teil des Wieners hin!
Hätt ich nicht dem Herzen
diese L u s t der Schmerzen,
liebt ich denn in dir die Wienerin?

Dir, der ewig Jungen,
tief ins Blut gedrungen
ist der Kunst geheimnisvolles Reich.
Aufgelöst im Tanze
zeigst du unsre ganze
Künstlergabe, warm und rhythmenweich,

die am Quell des Lebens
lebt und süßen Schwebens
noch den Alltag adelt mit Musik:
Aller Weisheit Krone,
bittrer Zeit zum Hohne
gibst du sie der bittern Zeit zurück.

Laß mich ruhig klagen!
Deine Augen sagen
mir den Sieg der Schönheit stolz voraus.
Ewig unverloren,
Stadt, die dich geboren,
und gesegnet bis ans letzte Haus!

Wurstelprater

Kumm, Antscherl, a Ringelspü' zãhl i dir gern,
des draht sie wia d' Wö'd umadum.
Heut fãhrn ma in Flugzeug und Auto wia Herrn,
die Zeit für die Rösser is um.
Die Rösser, die stengan ganz hinten,
sie brauchen si nimmermehr z' schindten:
Die Jucker san heut nur für sta^{n}ãlte Leut —
Wer jung is, der geht mit der Zeit.

Mir gengan ins mysteriöse Hotel
und schaun uns das Geisterschloß an.
Mir ham mit die G'spenster den höchsten Bahöl,
uns liegt aun an Sterben nix mehr dran.
Die Grottenbahn g'hört ins Museum,
die Zirkusflöh stengan bãld eh um,
denn d' Flöh hãt a Pest jetzt dahing'rafft, verstehst,
im Prãter, dã zeign s' uns den Rest.

Beim Wurschtel, o mein Gott, die Bankerln san leer,
vur 'n Gãdern heraußt stengan d' Leut.
Und kummt der mi'n Kapperl und wü a Douceur,
so schaun s' wia die Haubenstöck auf d' Seit.

Der Wurschtel, der raaft si mi'n Teufel,
mir wurschteln wia er ohne Zweifel.
Den Kindern tuat's gfälln, aber d' Großen solln zāhln,
drum tan ma dem Wurschtel wās māln.

Wü'st segn, Antscherl, wās für a Kerl i bin?
I schiaß auf elektrische Birn.
Beim Watschenmann hauri mit āller G'walt hin,
dā treibt's mir die Augn aus'n Hirn.
Dā kann i der Wut no an Ruck gebn,
er derf mir die Watschen net z'ruckgebn.
Drei Fotzen ins G'sicht — zehn Groschen: Beim G'richt
war s' net a so büllig, die G'schicht!

Der Ausruafer plāgt si und schreit wia am Spieß:
»Zur Kassa — Sogleich is Beginn!«
Die Weltschau, die dā in dem Diabsgassl is,
sixt besser heraußt āls wia drin.
Die Kappelbuam, Madeln, Soldāten,
san ālle guod troffen und g'rāten —
Sie ziagn umanand, von Bude zu Stand,
und g'freun sie, dās liegt auf der Hand.

Es riacht nāch 'n Gollasch von vurigen Tāg,
's is nämlich erst aufg'warmter guat.
Und göl, der Radetzkymarsch, des is ka[n] Frāg,
der liegt uns no immer im Bluat.

Mir san hãlt jetzt wieder die Alten,
bãld wern s' assentiern uns und g'halten,
dann kumm' ma auf Ehr mülitärisch daher
mit an Sterndl am Krãgn oder mehr.

Die Luftballaun blädern, die Lautsprecher plärrn,
es is a Gedräng, gotterbãrm.
Wannst tanzen wü'st, Antscherl, du tuast es jã gern,
so nimm in Gottsnamen mein' Arm.
Mir gengan zum Englischen Reiter,
der Marokkaner is Zweiter,
man wü' doch zum Tanz aa a bisserl an Pflanz,
und die Jazz durt is tulli, die kann's.

I fãhr aa mit dir auf der Liliputbahn,
des hãb i scho ãllwei in Sinn.
Sie führt uns — den Schülling, den schauri net an —
durchs Greane zum Stadion hin.
Durt kann ma sich ungeniert küssen —
vom Riesenrãd wü'st jã nix wissen —
Auf der Railway, dã möcht wieder i net so recht:
Mir wird von den Hopsen ganz schlecht.

Mir könnten vielleicht aa ins Schweizerhaus schaun,
der Karpfen durt is a Genuß.
Im Gehn a Pããr Würschteln so g'schwind einihaun,
des war net der richtige Schluß.
Beim Walfisch, dã hätten s' a Gösser,
der Eisvogel is mir zu »besser«,
und wann ma am End bis zum Kadermann rennt,
is der Mãstochs vielleicht schon verbrennt . . .

Wurstelprater

Der Hochzeitstag

Theres, heut sind es zwanzig Jahr,
daß wir verheirat sind.
Fast mein ich, daß es gestern war.
Wie nur die Zeit verrinnt!

Zwei Wochen Urlaub — denkst noch dran?
Vier volle Tag und Nacht
war ich von Lemberg auf der Bahn.
So habn wir Hochzeit g'macht.

Dann, wie es aus war: Du — das Kind —
und ohne Posten ich.
Weißt, daß wir nicht verhungert sind,
damals, das wundert mich.

Wenn mir da nicht der Lobenwein
so nett beig'sprungen wär,
(drei Jahr war er mein Putz), ich mein,
ich lebert heut nicht mehr.

Dann war's ja Gold, wie mich die Bank
erst einmal angstellt hat.
Nun bin ich Leiter, Gott sei Dank.
Zweigstelle Josefstadt.

Ist jetzt auch nicht mehr Inflation,
man schränkt sich eben ein.
Doch deshalb trinkst heut abend schon
mit mir ein Glaserl Wein.

Ja, zwanzig Jahr ... Man denkt's nicht viel.
Und 's ist doch eine Zeit.
Und immer warst du gut und still
und tapfer und gescheit.

Fast mein ich, daß es gestern war:
Altar und Treueschwur.
Und nun macht unser Bub dies Jahr
bereits sein Abitur ...

Synonyma

Verehrte Herrn Fremde! In unserer Sprăch
steht ans oft fürs andre, und denk i so năch,

wia Namen sich wandeln und Zeiten dazua,
rentiert sa si făst, daß i 's aufzeichna tua.

Schaun S' glei meine Freund an: Der Wondraschek haaßt
jetzt Wagner, weil's besser zu Richardl paßt.

Die Leut gengan păbeln, doch d' Bramburi wern
jetzt vornehm Kartoffeln und spreizen si gern.

An Kăschernăt lăßt ăls »Menü« man antrăgn,
weil nämlich d' Franzosen »Repas« dazua săgn.

A gschăffte Arbeit, drauf müassen S' net hörn:
Man kann zu an Freund do net săgn: Hăb mi gern!

Des wissen S' vielleicht schon, daß jetzt und zum Glück
mir Bundesstăăt haaßen anstătt Republik,

daß aus die Fiaker san wurn die Schaffeur,
aus an Gwölb a Lokal, ăber furtafurt leer,

aus Muatta und Vatta Mama und Papa,
aus an schlafrigen Wirtshaus a wurlerts O. K.,

aus manchen no manches, von den i net red,
weil's eh ālle Tāg in die Zeitungen steht.

Es bleibt der Begriff, und es wechselt der Laut:
Bei uns sāgn s' zum Thymian — Kudelkraut.

Jā, daß i zum Schluß net aufs Beste vergiß:
Mir wienern hālt ein, wās net wienerisch is,

und haaßen die »Interurbane« daher
nur »Überlandfernsprechvermittlungsamt« mehr.

Alt-Ottakringer Pilgerfahrt

Herr Koller, ein Mann nach der Väter Art,
beginnt jedes Werk mit großem Bedacht.
Begibt sich schön sacht auf die Pilgerfahrt
des Abends um halb acht.

Beim Kaspar, einst Gräf, im alten Ort,
da sammelt er sich für den künftigen Strauß.
Der Rosenklub tagt und der Pfarrer sitzt dort:
Es ist ein christliches Haus.

Hier nimmt er zwei Achtel nach Fug und Brauch:
»Alt, alt — ja, ja — denn der Heurige, nein,
der legt seinen Kalk in Adern und Bauch
und knistert bös im Gebein.«

Sein Antlitz ist rot wie ein Feuerbrand,
und ein Banner weiß, steht der Bart darin.
Und so, zwischen Lipp und Kelchesrand,
läßt er sein Fürzchen ziehn.

Begibt sich — nur Leute von Stand und Gewicht
begeben sich, merkt es — begibt sich sodann,
die blumige Weste mit Würde gericht',
zum Haimböck ein Stück obenan.

Ein Viertelstündchen sieht hier ihn bemüht
um des Burgenländers schmeckende Kost.
Zwei Achtel nur sind's, daß kein Unglück geschieht
und daß die Kehle nicht rost'.

Dann quert er die Straße, die Weste geschwellt,
mit den juchtenen Stulpstiefeln bis unters Knie,
blinzelt zum Himmel, schneuzt sich und hält
wie die Pflicht bei der Zehner-Marie.

Ein Achtel, und dieses nur gleichsam im Flug.
Kein Christengewinn ist's für unseren Mann.
Die Biederkeit fehlt, und teuer genug
läßt sich der Schilcher an.

Er kämpft es durch, und gesammelt sticht
er in den bewegteren Wogengang.
Zwei Achtel beim Wagner, und sein Gesicht
ist wieder von Kampfmut blank.

Doch der Weg ist weit, und er sieht sich vor;
und beim Stritzl ist's nur ein Achtel mit Gieß.
Dann geht's in die Weite, den Hut auf dem Ohr
und ein wenig schon ungewiß —

Jetzt kreuzt Herr Koller im offenen Meer.
Eine steife Brise treibt ihn hindann.
In der Erdbrustgasse, die See geht schwer,
legt er zum Löschen an.

Ein Achtel beim Völkel. Herr Koller zieht
durch die Zähne das Ottakringer Gefechs.
Der Himmel besternt sich, die Glatze sprüht,
es zittert der Nase Gewächs.

Und am Berge der Türk. Die Entscheidung ist nah.
Wie ein Irrwisch schwankt überm Tore das Licht.
Und Herr Koller sagt nein, doch der Wein, der schreit ja,
da ist kein Ausweg nicht.

Und hinein in die Schlacht! Sechs Achtel und acht!
Wie ein Sturmsegel bauscht sich der Weste Panier.
Herr Koller liegt steif um zwölf in der Nacht
vor dem Schanktisch unterm Klavier.

Im Hause des Gerichts

Jetzt geh i ’s neunte Mãl
dã her aufs G’richt.
Weil der Herr Rãt mein Fãll
net klãr gnua sicht.

I hãb mi nämlich — wãrn
S’ beim Mülitär? —
gspült mit an blechnan Schmãrrn
von Stoppelg’wehr.

Dãs Luaderszeug geht los,
der Stoppel knãllt
und schreckt den Herrn von Groß
mit ãller G’wãlt.

Mir ham mitsammen a^{n}
Veranda: stier!
Aus Holz a Paravent
trennt eahm von mir.

Er wãr beim Schwãrzen grãd.
Dã schiaßt’s! — Er lãßt
dãs Häferl hinfãlln, hãt
geschrian und erblãßt.

No jã, wer waaß denn jetzt?
Schaun S', kehr um d' Hand
is d' Weanastãdt besetzt
und Kriag in Land.

Er is jã grãd gsturbn
im ersten Schreck,
nur 's Tischtuach wãr verdurbn
und d' Schãln wãr weg.

Natürlich hãt er klãgt.
Sei^{n} Hosn, d' Schãln,
und 's Tischtuach, hãt er gsãgt,
ãlls muaß i zãhln.

Mei^{n} Advokat verspricht
mir, daß i g'winn.
So geht's hãlt scho bein G'richt:
Heut her, murgn hin.

Wegn so an Stoppelg'wehr!
Is des net z' dumm?
Mi gfreut mei^{n} Leben net mehr.
I bring mi um.

Vorstadtgasse im Sommer

Gasse glastet weiß
in der Mittagsglut.
Leben schlaff und greis
an der Planke ruht.

Kinder gnomenhaft
mit den Köpfen groß
— Weh der Mutterschaft! —
wachsen hoffnungslos.

An dem Fenster grau
die verstaubte Blum
pflegt die alte Frau
als ein Heiligtum.

Hier ist nicht der Baum
Wunder, Gott gedankt.
Finstrer Hof sein Raum,
wo er bräunlich krankt.

Abend hier nicht lockt
Aug zum Mond empor.
Tratsch und Schmähsucht hockt
schattenhaft beim Tor.

So Gefühl, so Schaun,
alles kehrt sich um.
Wie ein Höllengraun
ist dies Menschentum.

Wie ein Höllenleid
fruchtlos ist das Tun.
Ausgestoßenheit
läßt den Mord nicht ruhn.

Hier ist die Nacht
still von Schlafensruh.
Jäher Schrei erwacht,
blinder Arm stößt zu;

Liebe ist nicht lind,
trägt nicht sanft empor.
Die Gewalt gewinnt
unter nächtigem Tor.

Und der Liebe Lohn
für die arme Seel:
Faust, verkrampft im Hohn
um die weiße Kehl.

Stein ist grau und taub.
Baum welkt in Geduld.

Und das Tier im Staub
weiß nicht um die Schuld.

Wende dein Gesicht,
Gott, der dieses hört:
Mach mit eins zunicht,
was du längst zerstört.

Vorstadtgasse im Sommer

Die Werbung

Sind S' nicht so stützig, Fräuln Marie,
schaun S', gebn S' mir doch a G'hör!
Ich hab jetzt Chancen wie noch nie,
g'winn ich erst in der Lotterie,
gibt's keine Würstel mehr.

Ein Posten is mir auch schon g'wiß,
bei Mond und Siebenschein.
Und wann's auch nur als Aushilf is,
ich wer mir's richten, und präzis
am Ersten tritt ich ein.

Und dann — nicht daß ich reden will,
dann nimm ich mich erst z'samm:
Kein Spieln, kein Raukerl und kein Schwül —
So kann ich mir schon im April
mein Puchrad ausg'löst ham.

Am Samstag um Mittag wird alls
zum Weekend fertig g'macht.
Dann blädern wir so von Hernals
bis ins Gesäus — doch allenfalls
bis Purkersdorf, daß's kracht.

Und nobel, Schani, wird am Wald
ein Picknick arrangiert.

Wann dann gespeist is, schaun wir halt
in Himmel rein, so lang's uns gfallt
und Zeit zum Z'hausfahrn wird.

Fräulein Marie, fahrn S' mit mir ins Glück!
Die Welt ist doch so schön . . .
Wolln S' nicht, weil ich im Augenblick
grad nicht bei Kassa bin, ein Stück
mit mir in Prater gehn?

Die Werbung

Beim Heurigen

»Hau di zucha, ãlter Spezi!
Heut wern kane Faxen g'mãcht.
Gschwind zwa Liter! Nuß, versteht si —
Muatta, gib auf d' Fannerl ãcht!«

»Vatta, geh, gib 's Messer umma,
daß i euch in Schunken teil.«
»Fix, jetzt kännt der Wei^{n} scho kumma!«
»D' Musi!« — »Pepperl, hãlt dei^{n} Mäu'!«

Drunt in Erdberg steht a Gassl —
»Hörst, de winseln gãr net schlecht.«
»Sixt, der Blade aufn Faßl
is der Herr von Engelbrecht.«

»Hab die Ehre, schamster Diener!
D' Frau Gemahlin? Sehr erfreut!«
»Segn S', des is die echte Wiener —
nur net stößen! — Gmiadlichkeit.«

»Sãg ma, Alte, wo is denn 's Madl?
Du, de mãcht des wirkli guad!«
»Durt, der Herr mi'n pickten Schadl,
der is aa auf amoi furt.«

»Kruzitürken, de soll jã net —«
»Geh bleib sitzen, Spezi, geh!«
»I muaß nãchschaun, ob i dã net
mitfãhrn kann bei der Gaudee.«

»Jessas, Vatta!« — »Jã, wo steckst denn?«
»Waaßt, i suach — i suach — waaßt eh.«
»Suachst? Und hãst as in der nächsten,
des is g'schpaßi, nächsten Näh?«

»Alsdern, 's Madl hãt si g'fundtn,
wo is jetzt der Pepi aus?«
»Der is grãd dã hint verschwundtn
mit der Fräuln von Neunerhaus.«

»Aber, Vatta, lãß na renna.
Muaßt net glei so kritisch sei^{n}.
So a Nãsn, des sollst kenna,
is hãlt no net g'aicht fürn Wei^{n}.«

»Schau, jetzt bringans d' Liachta fiara.
So a Windliacht läßt si segn.«
»D' jungen Leut ham kan Schenierer —
Schau de zwa durt, dã wird wãs gschegn.«

»Hãt dar der gãr 's Liacht ausblãsn.
Na, vur so an hãb ich gnua.
Solln in Wãld gehn! So a Nãsn!«
»Vatta, 's is do unser Bua ...«

»Du, jetzt wird ma langsam dosti.
Der Nußberger legt sie au^{n}!
Allwei riach i, allwei kost i,
bis i nur mehr scheangeln kau^{n}.«

»Wãs sãgst, Spezi, a Nußberger?
Hörst, dã kennst du aa kan Wei^{n}.
A Nußberger pãckt di ärger —
Dãs muaß a(n) Alsegger sei^{n}.«

»A(n) Alsegger, der war kecker,
der war schärfer, sei so guad!
Des is so a stader Lecker,
der dirs murgn erst krampeln tuat.«

»Heuligenstaner, des is aner!
Recht fürs Gmiad und für die Niern.«
»Nãch zwölf Vierteln kannst dar d' Baner —
denn dã z'lecksens — numeriern.«

»Meine Baner? Du, mei Liaber,
wü'st mi du am End vexiern?«
»Hörts, der Wamperte hãt 's Fiaber!«
»Schaun S', daß Ihna g'schwind verliern!«

»Se Bagauner!« — »Reib eahm ane!«
»De hãt zundtn, der hãt gnua!«
»Gemma, Vatta!« — »Zahlen, Schani!«
»Jessas na, mir föh't mei^{n} Uhr . . .«

Hörts, wãs die Musi spü't:
A harbes Weanerliad.
Dã is, wia jeder sicht,
der Streit glei g'schlicht:

Des is ka^{n} Grinzinger und ka^{n} Nußberger net,
des is a echter, unverfälschter Säuerling,
dem hams die Sunn wegg'stohln,
den soll der Teufel holn,
des is der letzte Rest von Ottakring!

Beim Heurigen

Hofmusikanten

Er hat die Zither auf dem kleinen Wagen.
Sie singt, indem sie kurzen Tanzschritt geht,
und tut, als wolle sie die Laute schlagen,
daran ein blaues Band im Zugwind weht.

Er dreht den Kopf auf dünnem Vogelhals
und sucht die Fenster ab, wo sich nichts regt.
Ein Hund, verstört vom Lärm des Saitenschwalls,
dreht sich im Kreis, eh er sich wieder legt.

Es schnarrt und wimmert. Jetzt, in stummer Pein,
hebt er den Blick nach ihr und deutet Schluß.
Und überraschend wie ein Gellerschuß
knattert ein Groschen auf den Pflasterstein.

Mark Anton

(Couplet)

Ich bin der alte Römer Mark Anton,
steh sonsten seitwärts bei der Sezession.
Die Wiener gehn vorbei und — meiner Seel —
sie sagn, ich bin der Kaiser Mark Aurel.
Das hat mich immer schon ein bisserl irritiert:
E r tragt an Bart, und i c h bin glattrasiert.
Drum hab ich mich von meinem Platz jetzt g'stohln
und will in Grinzing mir ein kleines Räuscherl holn.

Refrain: Aber Servus, meine Herrn,
d i e ham Grinzing reguliert!
Segn S', bei uns im alten Rom
wird jetzt auch viel assaniert,
der Beton, der schwitzt und treibt,
bis ka^{n} Sta^{n} am andern bleibt:
Unser Wean is nimmer Wean —
Alsdann, Servus, meine Herrn!

Der Cicero, der falsche Advokat,
hat immer g'stichelt gegen mich beim Senat,
der Brutus und der Cassius daneb'n,
doch bei Philippi hab ich's ihnen geb'n.
Jetzt geh ich mit mein' Freund Oktavian
die Teilung an, weil wir die Letzten san.

Er nimmt sich Jedlesee und Grinzing ich,
denn segn S', der Wein dort, das is was für mich.

Refrain: Aber Servus, meine Herrn,
jetzt wird Grinzing reguliert,
schaun S', mit meine Löwen komm
ich großmächtig ankutschiert.
Wir ruinieren und malträtiern
Dächer, Häuser, Fenster, Türn,
meine Löwen ham das gern —
Alsdann, Servus, meine Herrn!

Ich fahr demnächst nach Alexandria
und hol mein Weiberl, die Kleopatra.
So etwas Liebes ham Sie noch nicht g'segn,
kaum macht s' mir Augen, so is's um mich schon g'schegn.
Mei' ganze Freud is Bruch nur ohne sie,
denn sie is in der Liebe ein Genie.
So viel Provinzen hab ich ihr schon g'schenkt:
schenk ich ihr Grinzing noch dazu, daß's g'lengt.

Refrain: Aber Servus, meine Herrn,
d a n n is Grinzing reguliert,
wann d' Kleopatra einmal
draußt bein Hengl residiert,
wann die Simandl sich rührn
und die Stockfisch gar was g'spürn
und die Haub'nstöck wurlert wern —
Alsdann, Servus, meine Herrn!

Bei meiner Positur und meinem G'wicht
freut mich, Quiriten, das Zufußgehn nicht.

Ich fahr im Auto, und bin ich auch stier,
in meinem Wagen bin ich Kavalier.
Zehn Deka Preßkopf sind mein Proviant,
doch hochgeehrt, so plädre ich durchs Land.
Hab ich die Höhenstraße hinter mir,
trink ich am Kahlenberg ein kleines Bier.

Refrain: Aber Servus, meine Herrn,
haaßt des Grinzing reguliert?
Steyr, Tatra, Opel, Ford,
von an' Schnorrer schlecht schoffiert,
wo ka^n Geld is, is ka^n Geld,
und so geht's schon auf der Welt,
seit die Fremden uns beehrn —
Alsdann, Servus, meine Herrn!

Wann ich nicht so ein distinguierter Fremder wär,
mich g'freuert d' Regulierung gar net sehr.
Ich hab bei Aktion schon eine Schlacht verlorn,
und wann ich dran denk, packt mich frisch der Zorn.
Auf einen Kampf laß ich mich nicht mehr ein,
wann reguliert sein will, so will's halt sein.

Die Architekten, die man schnell beruft,
sie sprengen Grinzing kreuzweis in die Luft.

Refrain: Aber Servus, meine Herrn,
jetzt is Grinzing reguliert,
was noch da war von dem Ort,
das is gründlich ausradiert,
wann ich auch ein Römer bin,
geht's mir doch nicht aus'n Sinn,
denn mein Wean, das hab i gern —
Alsdann, Servus, meine Herrn!

Die Hausfrau und das Mädchen

»Marie, ich bitt Sie auf den Knien, ziehn
S' mir nicht so närrisch an die Jalousien,
Sie reißen mir die Fensterstöck heraus!
Und heute nachmittag bleibn Sie zuhaus
und putzen Messing. Schaun S' die Schnallen an,
wenn man nicht ständig hinterher sein kann,
verdreckt das Haus. Skandal! Beim Herrn drin ist
ein Chaos, der Papierkorb platzt vor Mist,
der Lurch ist schon so dick, daß man ihn riecht,
und von der Küche reden wir erst nicht.
Papier und Fetzen müchteln in der Speis,
das Schneidbrett pickt — wir kriegn am End noch Mäus! —
und hundertmal schon hab ich Ihnen gsagt,
daß man am Küchenherd ein Hauberl tragt,
erst gestern zu Mittag, pfui Teufel, war
im Reisfleisch s o ein endstrumm langes Haar.
Wir sind doch nur zwei Leut. Das wär nicht schlecht,
wenn da nicht alls am Schnürl gehen möcht.
Die halbe Woche sind S' mir irritiert
davon, wer Sie am Sonntag ausführn wird,
die halbe Woche nachher träumen S' dann,
wie stimmungsvoll es war beim Kadermann.
Natürlich geht die Wirtschaft da zugrund.
Sie sind doch jung und was ich weiß gesund —
Ich bitt Sie auf den Knien, bemühn Sie sich . . .«

(Das Mädchen, abgehend:)
De Gnädige glaubt rein, i bin a Viech.

Die Hausfrau
und das Mädchen

Herbstvormittag in der Wildgrube

Es war ein gesegnet lang sonniges Jahr:
Der Schatten tut wohl an der Mauer.
Dünn tönt im unendlich stillen Klar
und schläfrig die Harke der Hauer.

Da unten am Bach, wo Beethoven ging,
hangt wilder Hopfen im Laube.
Am Gatter taumelt ein Schmetterling,
im Weinberg leuchtet die Traube.

Ein Viereck Astern steht blau und schön,
darin sich die Bienen versäumen.
Und Dung riecht auf, und Leitern stehn
an den durchherbsteten Bäumen.

Geländer senkt sich hinab zum Bach
und neigt sich über die Rinne.
Ein Grauhaar sieht einem Wölkchen nach
und wird des Traums nicht inne.

Der weiße Windling im Brombeergesträuch,
die Schatten auf Steig oder Schwelle:
Das webt und raunt und zittert euch
leicht in der Mittagshelle.

Musik kommt weich wie ein Vogellaut.
Unmerkbar löst sich die Enge.
Fern liegt die Stadt und dunstüberblaut
weit in der Wiege der Hänge.

Und wäre der dicke Nußbaum nicht
in seiner Blätterfalbe:
Wir schauten ganz ihr Angesicht —
So sehn wir bloß das halbe.

Der Philosoph

Tschaun S', Herr, Se san no jung,
Se könnan freuli lãchen.
Mir Alten föh't der Schwung.
Dã kann ma hãlt nix mãchen.

I reiß mi net ums Grãb
um Ihnre Lustbãrkeiten.
I kenn die Wö'd, i hãb
mi separiert beizeiten.

Die Wö'd hãt nur a^{n} Zü'
mit Streicheln und mit Beißen,
wo jeder jeden wü',
so guad wia's geht, bescheißen.

Se sãgn, die Menschen san
net schlecht, ma muaß s' nur nehma.
Jã, Herr, die Tiger tan
fãst wana bei den Thema.

Begengt Ihna in Wãld
a Mau^{n} alla^{n} — o Schrecken —
glei denken S' nur an G'wãlt
und pãcken fest den Stecken.

Die Ideal' san guad
für de, wās unten schwitzen.
Ma steckt si s' auf'n Huad,
kummt ma in Sāttel z' sitzen.

Mi'n Mäu' san ālle groß
im Guaden, d' reinen Lamperln:
Probiern S', und lāssen S' los,
a tempo zeign s' die Kramperln.

Auf eahnere schönen Wurt
tua i nur d' Achseln schupfen.
Wer gār so sieb'nsüaß tuat,
der möcht an schmerzlos rupfen.

A jeder, wiara kann,
tuat Pick und Neid verdecken.
Er sāgt: »Sie ganzer Mann«
und denkt sie: »Jā, bein Bäcken!«

Se glaubn, der Alte greint
und is für nix verdrossen?
I bin ka^{n} Menschenfeind,
i hāb ma's nur genossen.

Wann S' Ihna mit der Bruat
net spezimopperl māchen,
erst dann geht's Ihna guad —
Des san scho solche Sāchen.

Der Philosoph

Blick vom oberen Belvedere

Fülle du! Gezier- und schöner Geist,
übersetzt in edelstes Gebreite:
Rechts die Kuppel, links die Kuppel weist
majestätisch ein dies Bild der Weite.

Ach, wie hatten jene Zeiten Kraft,
Roh' und Wildes in die Kunst zu heben!
Irdischer Gesetzlichkeit entrafft,
engten sie und weiteten das Leben.

Gehn nicht die Terrassen ab und an
Reifrockdamen, sanft hofiert von ihren
eindrucksicher steifen Kavalieren?

Nein, die Gärten zaubern holden Wahn.
Ganz verging dies Planen, Lächeln, Lieben —
gilb und weh — nur Schönheit ist geblieben ...

(Akrostichon für die Zeichnerin der ersten und zweiten Auflage, Marie G r e n g g)

Moralischer

Wann mir aa heut no
der Kopf brumma tuat:
Aber der Wei^{n} beim Lier,
Harr, der wãr guat.

Hãb i — du schaust so
unfreundschäftlich drei^{n} —
gestern wãs angstellt, sãg?
Guat wãr der Wei^{n}!

Wia maanst, es graust dir,
du schaust nimmer zua?
Drahst di hãlt weg, wann i
drei^{n}kumma tua.

Drunten a Windliacht
und droben die Stern:
Madel, dã hãb i di
doppelt so gern.

Glaubst es net, sãgst gãr,
i bin a Kretin?
Mein Gott, i wehr mi jã
eh gengan Wei^{n}.

Wo i a Zwerg bin
und er so a Ries',
dã is dãs Resultat
ungschauter g'wiß.

Stãtt daß d' mi trösterst,
— bin eh scho ganz z'nicht —
haaßt mi ãlls mögliche,
des is a G'schicht!

Ganz kann jã kaner
für des, wãs er tuat.
Geh, setz di her zu mir,
sei wieder guat!

Alt-Ottakring

Was noch lebt, ist Traum.
Ach, wie war es schön!
Jüngre werden kaum
jene Zeit verstehn,
wo das Kirchlein stand
und die Häuser blank
unterm Giebelrand
hatten Weingerank.

Und im Herbste gar,
wenn der Maische Duft
hing im blauen Klar
der beschwingten Luft!
Von den Hügeln schlicht
kam der Hauer Sang,
da die Stadt noch nicht
grau ins Grüne drang.

Heut ein Steinbezirk
wie ein andrer auch,
und nur sanft Gebirg
schickt wie einst den Hauch,
Hauch von Obst und Wein
in die Gassen aus,
und der Sonnenschein
liegt auf altem Haus.

Da und dort ein Tor
hat noch breiten Schwung,
Buschen grün davor
lädt wie einst zum Trunk,
und im Abend wird
längst Vergangnes nah,
spielt ein Bursch gerührt
Ziehharmonika.

Der Stammgast

Wann ich im Wirtshaus einzieh,
da stehn die Stifte stramm.
Ich geh schon vierzig Jahre
hieher ins Weiße Lamm —
Drei Wirte sind schon drüben,
ich bin gesund und frisch,
und seit dem Umsturz sitz ich hier
am Einsertisch.

Der Ober weiß schon selber,
was ich so konsumier:
Zuerst kommt die Wetschina
und dann ein Seiderl Bier,
am Montag krieg ich Stelzen,
am Mittwoch Leberwurst,
und vierzehn Achtel gehn genau
auf meinen Durst.

Gilt Ehr und Würde nimmer,
und ist die Welt defekt:
Die Stift' und Speisenträger,
die haben noch Respekt.

Der Wirt hat nichts zu reden,
ich bin der Herr im Haus,
und wann es nicht am Schnürl geht,
so bleib ich aus.

Mir ist schon längst zuwider
die ganze Politik.
Ich war einmal Bezirksrat,
doch das liegt weit zurück.
Ein Schnapser ist mir lieber,
hab ich ein schönes Blatt —
Ich bin der größte Schampion,
den Erdberg hat.

Die Autos und die Flugzeug,
die hab ich auf dem Zug.
Als gäb's nicht wilde Narren
und Krüppel schon genug —
Träumt mir was Schönes, spiel ich
es in der Lotterie;
und nur beim Sitzen seh ich noch
auf meine Knie.

Um zwölf Uhr, wann ich Schluß mach,
die Welt ist schön und gut.

Die Spezi sagen Servus,
ein Stift halt' meinen Hut,
den Mantel bringt der Ober
und hilft mir sacht hinein,
der Wirt reicht mir den Weichselstock:
Denn Zwirn muß sein.

STAMMTISCH

Uniformen in der Republik

Beiwagen, hintere Plattform, Linie J.
Ein Wehrmann, sportlich, in gestrecktem Lauf,
jagt dem Gefährte nach, erreicht's, springt auf
und just dem Schaffner auf die große Zeh.

Ein Blick, schwer ehrbeleidigt, amtlich klamm,
bohrt sich in den frivolen Söldnerrock.
Doch der bezieht, steif wie ein Haubenstock,
das Trittbrett, und d i e Stellung hält er stramm.

»Herr, gehn S' vom Trittbrett weg!« — »I steig jã so
glei aus.« — »Steign S' auffa, sãg i, sonst passiert
ein Unglück, Herr!« — Der »Herr« bleibt ungerührt.
Der Schaffner kocht. Ein Fahrgast meckert froh.

Erbost und schrill ertönt der Klingelzug.
Der Wagen steht. Der Mann steigt lässig aus:
»Kommuneg'freiter, blãs die net, fãhr z'haus!«
und geht gesammelt ab, sich selbst genug.

Schon trennt von jenem uns ein sichrer Raum.
Da endlich bricht sich Bahn gestaute Wut:
»Anzogner Wurschtel, dãlkerter Rekrut!«
Der Schaffner ruft's, und schweigt, und sinkt in Traum.

Straßenvolk

I bin der g'flickte Schani,
i steh am schãrfen Eck.
Dãs Eck g'hört mir allani,
des nimmt ma kaner weg.

Und tuat a Wãchmau^n kumma,
so palisier i hãlt.
I gfreu mi scho am Summa,
dã schlãf i draußt in Wãld.

Z' Mittãg der Gollaschg'stankn
kann mi net irritiern.
I geh so in Gedankn
Coloniakübeln stiern.

Steckt aner kane Maxen
ins Gschäft, dann hãt er's schwer.
Nur so mit bloße Haxen
in Schnee steh^n, ziagt net mehr.

Der Pepi, der mãcht's nobel,
glei vis-à-vis von mir.
Der spü't auf sein Fotzhobel
den Gardeoffizier.

A so aner is eisen,
der reine Burschoa.
Geht, wann er Schluß mãcht, speisen
— dã lãcht ma — ins O. K.

Die Jazz von Jaunerheini,
die hãt's scho net so guat.
San eahna netto neune,
und aner geht mi'n Huat.

I huast auf d' Propaganda,
i bedl, wiar i kau^{n}.
An aner solchern Banda
is meistens eh nix drau^{n}.

Die Konkurrenz is größer,
ãls unser Gschäft vertrãgt.
Mir ham gãr an Professer,
der in Park Ziddern schlãgt.

Gegn so an is a stierer
Hausierer Kavalier.
Mir san hãlt Kriegsverlierer
und Friedensopfer, mir.

Der Hunger, d' Armut, 's Wana,
des san so unsre »Tricks«.

Und manchmãl meutert aner,
ãber 's passiert scho nix.

Mir hãlten schon die Goschen.
Mir san jã mãrb und stier.
»I bitt schön, nur an Groschen,
gnä Frau, aufs Nachtquartier!«

Straßenvolk

Die Kaffeehauspositur

Ich bitt Sie, Herr Nissel,
a Schale mehr braun,
die Presse und bißl
zum Bildl anschaun.

Ob Tapper, ob Stoß,
das Leben is mies.
In Geschäft is nix los,
und ma kriegt kalte Fiß.

Was schreibt denn das Blatt?
Is eh alles Stuß.
Ich weiß nicht, ma hat
ka Freid an den Schmus.

Was mach ich zuhaus!
Mei Taschenuhr steht.
Die Gall geht am raus
vor der bleden Diät.

Ich bitt Sie, ma weiß
schon eh, was sich g'hert.

Ich lob mir und preis'
den sittlichen Wert.

Ich hab mei Kultur,
bin gewitzt und gescheit,
und ins Wirtshaus gehn nur
die gewehnlichen Leit.

Die Kaffeehauspositur

Leopolditag

Im Schutz der weißen Türme
gekeltert und gepreßt:
Laß rinnen, Herr, und schirme
das schöne, schöne Fest!

Das drückt sich, stößt und drängt sich
ins gotische Gelaß;
die Trepp hinan und zwängt sich
ans Riesenfaß.

Am Abend, schwer geladen,
durchsummt es Hof und Gang;
an den Barockfassaden
gehn Schatten lang —

Und stehn am Brunnenraine
und schwanken in der Flut.
Sankt Leopold im Steine
schläft wundergut.

Die Nacht, der Wein, die Sterne:
Das ist noch Christentum!
Es wankt aus der Taverne
zu Gottes Ruhm;

es füllt die Gassen trächtig,
es reißt die Buden ein,
und ist wie ehe mächtig
im Klosterwein.

Sankt Leopold im Himmel
wacht auf, schaut durch die Stern
herab auf das Gewimmel
und sieht es gern.

Der Ober an den Stift

Erdzeisel, raudigs übereinand,
hãst wiederum kan Eßzeug putzt!
Tua nur so weiter! — Eine Schand,
daß bei dir gãr nix nutzt.

Du hast die Konsequenzen z'trãgn.
Mi stiert dãs schon, dãs ewige Gwirkst.
I wer's dem Herrn von Kargl sãgn,
mei^{n} Liaber, nãcher fliagst.

Du solltest dankbãr sei^{n}, verstehst,
daß d' dienen derfst in so an Haus.
Göl, 's Trinkgeld nimmst, und Montãg gehst
jedsmal schön g'statzter aus.

Daß diese Jugend heut im Lebn
nicht für an Kreuzer Ehrgfühl hat!
Zu *meiner* Zeit, dã hätt's dãs gebn!
— Ein Achtel noch, Herr Rat?

Saus hin! — Is recht, i maan dir's jã
nur guat. Im Handumdrahn bist frei,

und sixt as net, is ’s Alter dã
und die Gaudee vorbei.

Der mit der Sensn und der Uhr
klopft an und schmeißt dich in die Gruabn,
und frãgn d’ Leut, haaßt’s: »Is heulig nur
a(n) ãlter Kellner g’sturbn.«

Liebhartstal

Das bißchen Wein, das südwärts noch gedeiht,
lockt sonntags kleine Leute in die Schenken.
Gekicher, Kreischen, Schrammeln, Trunkenheit,
Schaubudenlust, Lampions und Hüteschwenken —

Ein Rest von Wienertum, verfälscht, gestreckt,
so wie der Wein aus den verbliebnen Gärten.
Dienstmädchenelend, festtäglich geschleckt,
Familienzank, Geraunz von Knasterbärten.

Im Herbst jedoch, an einem Wochentag,
ist alles hier wie einst: Kastanien liegen
vom Baum geplatzt am Weg; der Amselschlag
müht sich umsonst, die Stille zu besiegen.

Melancholie streicht sanft durch die Alleen,
liegt als Musik auf den gelösten Lehnen.
Und steigst du höher, siehst du fern und schön
die heißgeliebte Stadt ins Blau sich dehnen.

Sankt Nikolaus

Dort, Mutter, schau! Im Schnee der Schein,
jetzt biegt es in die Gass' herein.
der eine schwarz, der andre weiß,
jetzt stapft es über die Stiege leis,
ist an der Tür — Wohin? — Davon!
Knie nieder, Bübel, da sind sie schon.

»Ich bin der heilig Nikolaus,
sonst Schneidermeister im Huberhaus.
Zieh all herum und schau geschwind,
ob mir die Büblein richtig sind;
artig, folgsam, auch fleißig schier:
Wie steht es dieserhalb mit dir?«

Heiliger Nikolaus, bitte schön,
ich kann schon alleine zum Kaufmann gehn,
ich wasch mir schon selber Hals und Gesicht,
(nur Strümpf anziehen kann ich noch nicht)
und bevor ich essen und schlafen gehn tu,
falt ich die Händ und bete dazu.

»Dort hinten wart' mein schwarzer Knecht,
dem bist du in die Butten recht.
Sein Ketten, sein Hörndl, sein Ochsenschlepp,
sein lange Ruten, herauf die Trepp,
sein Feuerzungen, glüh und gleiß,
die machen dir, hoff ich, die Hölle heiß.«

Ich bitt dich, heiliger Nikolaus,
meine Schuh, die stehen im Fenster drauß,
schütt Äpfel und Nüss' und stell über Nacht
ein lebzelten Reiter hin, der mir's bewacht.
Die Datteln aber mit lutschigem Kern,
die hab ich, weißt du, besonders gern.

»Mein liebes Bübel, steh auf von der Erd,
du bist mir Heiligem lieb und wert.
Halt mir derweilen den Bischofsstab,
damit ich dir leichter ein Bussel gab.
Geh, fürcht dich doch nicht vor meinem Bart!
Derselb ist bloß von Watte zart ...«

Platz Am Hof

So ist er am schönsten: Wenn mit blauern
Lasuren winters der Abend beginnt,
wenn zwischen Himmel und grauen Mauern
weiße Dächer die Grenzen sind.

Wenn sanft im Zwielicht die nebligen Sonnen
der hohen Bogenlampen aufgehn
und aus den Fenstern, gelb und verronnen,
zögernde Lichter herübersehn.

Wenn aus der Härte der Welt entglitten,
mit Formen, himmlisch und ungenau,
die schlanke Mariensäule inmitten
aufragt, ein schwarzes Zepter im Grau:

Dann wird der Platz ganz Traum, und am Ende
verschwimmt er in seltsam gestrigem Licht,
indes überm Düster der Buden und Stände
Schnee fällt — weiß und leise und dicht ...

Das Roß

(Schauplatz: Schulerstraße—Stephansplatz)

»Daß nur der Gammel wiedrum steht!«
— »Für Glätteis is er z' schwäch.« —
»Schau, ob er bis zum Standplätz geht,
mir schiabn da 's Wagerl näch.«

»So. Drah eahm d' Stolln an!« — »Heb auf! — Bum!
Dã ham ma dãs Malheur.« —
»Jetzt fãllt er uns scho wieder um!«
— »Des gfreut hãlt eng Schaffeur!«

»Das arme Tier! Bist sicherlich
recht roh behandelt worn.«
— »Gehn S', Frau, san S' stad, i hãb des Viech
doch erst ãcht Täg zum Fãhrn,

bei uns wird net am Hãbern gspãrt . . .«
— »Achtung, der Autobus!
Wann der eahm übern Schädel fãhrt,
is mit den Mustang Schluß.«

»Alsdern, so hebn ma'n auf. Horuck!
Von so her ham ma 's bãld.«

— »Gebts ãcht, daß er uns jetzt net z'ruck
auf d' andre Seitn fällt!«

»Na, na, spann ei^{n}, jetzt geht er scho.
Gehts, Leutln, helfts beim Wãgn!
Mir schiabn derwei bein Bräunl au^{n}.
. . . Ui Jessas, nur net schlãgn . . .«

Das Ross

Weihnachtsg'sangl

Wir sind der Johann, der Schorsch und der Ferdinand,
die Anna, die Poldl, kurz allerhand Leut
aus der Gegend um, Stadt oder Land.

Ihr guten Herrn,
wir suchen das Kindel in der Wiegn;
und es soll uns Leuten den Frieden beschern.

Wir haben uns schlecht und recht durchgefragt.
Da in der Näh wär's also schon recht,
hat man uns g'sagt.

Den Stern der Geburt, der uns führen hätt solln,
den ham wir verlorn.
Da is nix net zu wolln.

Und so grausam dick fallt heuer der Schnee.
Kein warmes Wort, und so weit von zuhaus —
Ihr wißt es ja eh.

Ihr wißt es eh, ihr großmächtigen Herrn.
Ihr habt den Weihrauch, das Gold und die Myrrh,
und wir sein geduldig und folgen euch gern.

Geht, bitt schön, voran und zeigt uns die Wiegn!
In einem Stall auf Heu oder Stroh
soll das Kindl liegn.

Wir hätten's grad so gern wie ihr.
Oder lieber noch!
Auf für uns! Licht! Und hinein bei der Tür!

Vorher — nachher

Heiliger Thaddäus, hilf mir, ich bitt,
die Kerzen bring ich das nächstemal mit.
— —
Du hast geholfen. Ich dank dir sehr.
Jetzt brauchst doch wohl keine Kerzen mehr.

Aus Kränkung

Kennan S' den Nărrn?
G'schpaßig, wia der
verruckt is worn.

Wissen S', er hăt
a Büachel gschriebn:
wörtlich: D' Weanerstăd.

Wia's Buach fertig wăr,
sicht er 's Malheur —
Seitdem is er a Nărr:

A^{n} Wurt is 's nur.
Der Weaner hăt's ăllwei parat:
Und d e s kummt net vur.

Erklärung der schwer verständlichen Wiener Ausdrücke

assentieren	zum Heeresdienst mustern
Bagauner	Bakonyer, ungarisches Mastschwein aus dem Bakonyerwald
Bahö(l)	turbulentes Geschrei; Wirbel (Ton auf dem offenen ö)
Baumberl	Bombe
Bedler (bedeln)	Bettler (betteln)
blädern	eigentlich ›flattern‹; rasch dahinfahren
Coloniakübel	Kübel der städtischen Kehrichtabfuhr
dalkert	dämlich, einfältig (von Dalk)
dasig	gedämpft, gedeftet
dosti	dostig, mit einem Gefühl der Völle
Entere Gründ	die Wiener Vororte
Erdzeisl	Ziesel (Nagetier); Schimpfwort
Eß	Abkürzung für Schilling
Fleischlaberl(n)	Fleischlaibchen, -klöße
Fotzen	Ohrfeige
Fotzhobel	Mundharmonika
Gammel	altes Pferd, Klepper
Gellerschuß	Prellschuß
gemma	gehn wir
G'fraßt	schlechtes Essen; übertragen: minderer Mensch
G'frett	Umständlichkeit, Mühe. Von: sich fretten
G'hörtsi	von ›es gehört sich‹; richtiger Brauch
Gö(l)sen	Gelsen, Stechmücken

Göß (Gösser)	steirische Biermarke, in Wien sehr beliebt
g'schrian	geschrien, schreiend
g'statzt	herausstaffiert
Gumpolds	Gumpoldskirchner, Österreichs bester Wein
G'wirkst	Wurstelei; von Gewirke
Hauer(häusl)	Winzer(häuschen)
hauri	haue ich
Jause(n)	Nachmittagsmahlzeit, Vesper
Kāschernāt	zusammengemischtes Gericht, mit abfälliger Nebenbedeutung
Kollöffeln	Kochlöffel
Leitgeb	Weinschänker
mārb	mürbe, mürbgemacht
Maxen	Geld, Kapital
Nuß(berger)	Wiener Weinmarke vom Nußberg
O. K.	bekannte Wiener Gaststätte
pābeln	betteln
palästern	Fußball spielen
palisieren	davonlaufen, Fersengeld geben
Papperl	Essen
pickt (pickter Schadel)	geklebt (geklebter Scheitel); schnittige Figur
Rettung	Rettungsgesellschaft
Ringelspü'	Ringelspiel, Karussell
Schāln	hier: Tasse, Hafen; sonst auch Anzug, Kleid

schauri	schaue ich
scheangeln	schielen
Schinakeln	kleine Ruderboote
schnāpsen (Schnāpser)	Sechsundsechzig, ein Kartenspiel
Schwü(l)	Rausch
Stelze(n)	Schweinsstelze, Eisbein
stieren (einen etwas) .	ärgern
stieren (herumstieren).	durchsuchen
stier sein	ohne Geld sein
Stift(e)	Kellnerjunge(n)
Stoß	ein bei der bodenständigen Vorortbevölkerung beliebtes Spiel
Tapper	ein von den Juden Wiens gern gespieltes Kartenspiel
Tschecherl(n)	kleine vorortliche Gaststätten
Tschick	fortgeworfene Zigarettenstummel; auch Zigarette schlechtweg
tulli	fein, schön, vorzüglich
Wāchter	Sicherheitswache
Wana	das Weinen
Wetschina	Virginia, schwere, längliche Zigarre, d i e Zigarre des Wieners
z'lecksent	zer-leck-sent, leck sein
z'nepft	zerzupft

›Und d e s kummt net vur‹ (in: Aus Kränkung)
Gemeint ist das Götzzitat

Inhaltsübersicht

Schutzumschlag Wilfried Zeller-Zellenberg
Gesetzt aus der Korpus Garamond-Antiqua
Gesamtherstellung Wiener Verlag, Wien